시인이 만난 인도네시아

시인이 만난
인도네시아

김길녀 여행산문집

역락

—

프롤로그

—

나를 아프게 이끌던 우울로부터
도망갈 궁리만 하던 그때,
뜻밖의 소풍이
잘 포장된 선물상자를
풀기 두려운 손길처럼
나를 부르고 있었다.

설렘과 망설임이
샴쌍둥이처럼
나를 흔들던
길지 않은 선택의 순간들이었다.

이국의 삶에 대한 막막함
길지도 짧지도 않은 이 년여의
긴 휴가와 긴 여행 사이,
무겁거나 가벼운 시간의 무덤
꿈꾸어 오던 달콤한 감옥
자바 섬 서부, 수도 자카르타에서
술탄이라는 이름이 나를 기다리고 있었다.

소풍,
선물,
설렘,
긴 여행,
가벼움,

달콤함,
나를 사육하던 우울과
내가 기르던 권태와
통증의 나날도 함께
가장 아끼던
자작나무 상자에 담았다.

거기,
바다의 본적이라 부르고 싶은
1만7천 개의 섬이 있다는,
검은 숲에서 천 년 잠에 든 물고기 화석이 있다는,
천 개의 문이 있는 장소에서
밤마다 귀신들의
축제가 벌어진다는,
바다에서 미술관을 만날 수 있다는,
매혹적으로 치장한 유혹이 부르는,
산골짜기 마을에서 몇백 년 동안
바다로의 항해를 꿈꾸며
이국의 삶을
살고 있는 사람들이 있다는,
백 살도 넘은 늙은 목선들이
지금도
섬에서 섬으로 떠돈다는,
적도의 붉거나 분홍인 석양을 거의
매일 볼 수 있다는,

오래된 사원에서 여전히
신화의 뿌리를 키우고 있는
비밀의 섬을 만나게 되리라.

그 분명한 이유의 명분을
큰 가방에 구겨 넣고
먼 길을 날아서

그
곳
에
갔
다.

차례

여행자의 일기

잠시, 두꺼운 슬픔을 빌려와 조심스럽게 키우던 나날이 있었습니다
쓸모없어진 몽당연필처럼 해체되고 고립되어 찢긴 혁명의 깃발로
나부끼는 회한의 한철이 내게 있었지요 공원 안 늙은 떡갈나무에 핀
버짐처럼 울퉁불퉁한 날들이 마흔 언저리에 있었답니다 간절함 없이
신에게 바치는 기도가 길고 지루한 장마 같이 머문 적 있습니다 쉽사리
소멸될 수 없는 지독한 아픔이 개와 늑대 사이의 시간 속 저물녘처럼
쓸쓸하게 온몸에 스민 적 있었지요 바다 집시 바자우족과 함께 떠돌다가
바융도 덮지 않고 마뭇도 치르지 않은 채, 시사팡 섬 모래섬에 묻히고
싶었던 절박함도 있었답니다 생을 풀어내는 방식이 아직도 어눌한
이차방정식 문제 같은 순간들이 멀지 않은 시절에 있었습니다 폐사지에
뒹구는 깨진 기왓장에 비추던 달빛의 달콤한 사랑이 잠깐, 스쳐 가기도
했습니다 주저함 없이 초록 꽃대 쑥쑥 피워 올리는 감성의 페이지 넘기던
그 순간들이 좋았습니다 그때는 석양도 붉지만 아니하고 분홍이나
푸르렀다는 것을 적도 근처에 거처를 마련한 지금 다시, 알게 되었습니다

문과 문 사이에서
울음을 만나다

스마랑Semarang

— 오랜만에 집으로 가는

마지막 기차를 탔다.

창밖으로 보이는 마을의 불빛.

누군가를 그리워하는 일이

참 낯설다는 생각.

창문에 비치는 빗물처럼 흘러내린다.

감정의 부피가 미농지 두께만큼

얇아진다는 걸

느끼면서도 슬프지 않다.

슬픔이 펄럭이는
천개의 문을 찾아 떠나다

인니에 살게 되면서 가장 보고 싶었던 도시는 스마랑이다. 한글판 일간지에 짧게 소개된 '천 개의 문' 건물 사진을 본 후부터 스마랑을 향한 설렘과 간절함은 깊어갔다. 문이라는 단어가 주는 안과 밖의 막간. 열고 닫힘에 따라 변하는 물리적이고 심리적인 환경. 문이 주는 매력은 모양이나 색깔에 따라 그 느낌 또한 다르다. 천 개의 문은 슬픔의 문과 동의어로 다가왔다. 눈물에도 뿌리가 있다면, 라왕세우Lawang Sewu에는 여전히 눈물로 자라는 나무가 존재한다.

'천 개의 문'이란 뜻의 라왕세우에는 슬픔으로 얼룩진 아픔의 흔적이 긴 나무문 틈으로 스며들어, 지금도 펄럭이고 있다. 오래전 불어오던 뜨거운 바람을 떠올리며 천 개의 문을 따라 걷는다. 네덜란드 식민지 시절, 기차 역무원들의 공간으로 사용되었다는 건물. 삐걱이는 계단을 오르자, 광장처럼 넓은 공간이 펼쳐진다. 오래된 붉은 기왓장에 새겨진 기도문 같은 문양은 조용히 그때의 시간을 전하고 있다. 손잡이가 떨어진 나무문 앞에서 올려다본 천장엔 얼룩으로 남겨진 얼굴들의 형상이 빗물처럼 어른거린다.

지금도 밤이나 비 오는 날이면 지하방에서 귀신들의 울음소리가 들려온다는 곳. 천 개의 문을 열고도 나갈 수 없는 그들의 영혼. 억울하게 갇힌 자들과 원치 않게 떠난 자들의 한 맺힌 절규가 아닐까. 슬픔은 화석으로 남아, 산 자들에게 과거를 잊지 말라는 애끊는 당부를 귀신의 형상으로 보여 주는 건 아닌지. 늘 물이 흥건히 고여 있다는 지하방. 컴컴한 그 방에서 새어 나오는 서늘한 바람이 소매 없는 옷자락을 끌어당기는 듯 걸음을 무겁게 했다.

세상의 모든 비를 덮는
큰 우산이 거기에 있다

또 다른 스마랑의 그곳. 중부 자바에서 가장 큰 이슬람사원인 머스짓 아궁 자와 뜽아에는 세계에서 가장 큰 우산이 있다. 모스크 광장을 둘러싼 분홍 기둥들을 퍼즐 조각처럼 맞추면 사람 모습이 보인다. 열기로 데워진 광장을 이국의 여자와 남자. 맨발로 뜨거운 대리석 바닥을 까치발로 천천히 걸어서 기도처로 들어갔다. 히잡을 두르거나 긴 바지를 입지 않아도… 무슬림 복장을 갖추지 않아도 되는 곳. 높은 천장과 초록 레이스로 감싼 가죽북. 무교인 남자와 여자에게도 기도의 마음을 갖게 하였다. 오랫동안 바닥에 앉아 창으로 들어오는 햇살과 평화로운 바람을 느꼈다. 처음으로 모스크 안에서 푸근한 안식을 누렸다.

가끔, 그곳에서 느꼈던 따뜻한 시간이 간절할 때가 있다. 리틀 네덜란드로 불렸던 옛 도시. 여전히 그 시절 가로등이 불을 밝히고 구석구석엔 자유를 향한 외침처럼, 검은 눈빛과 검은 날개 천사들이 그려진 벽화가 옛 기억을 잊지 말자는 구호처럼 그려져 있다. 그 벽화들 앞에서 길었던 그들의 침묵과 우리의 그때를 떠올리며 오후의 기도를 위한 아잔 소리에 맞추어 두 손을 모았다. 파파야 향기 같은 주홍의 도시. 스마랑이라는 이름의 서늘함. 달콤한 주홍 바람이 라왕세우의 펄럭이는 문들 사이로 따뜻하게 불어 주기를…. 더 이상 귀신들의 울음소리 없기를…. 바라는 마음으로 두 손을 모은다.

— 그곳을 떠나 온 지 한철이 지났다.

그때의 거기에선

기다려도 오지 않는 겨울을 찾아서

폭설처럼 쏟아지던 우기의 폭우를

눈으로 상상하는 날들이 있었다.

긴 비의 날들이 이어지고…

그럼에도 꽃들은 피고 지고

이맘때면,

식물원 제3산책로 늙은 아소카나무에

주렁주렁 등처럼 만개하는 주홍 램프꽃이

그리운 늦은 겨울의 나날이다.

—

꿈꾸는 감옥

—

낯선 길

낯선 얼굴

낯선 방

낯선 식물원

낯선 비

낯선 사원

낯선 기도

낯선 외로움

이국 공주의 편지

이국 왕자의 일기장

낯선 집

낯선 석양

낯선 노래

낯선 왕궁터

낯선 계절

낯선 지도

낯선 고요

낯선 미술관

낯설지 않은, 당신

탈고 안 된
문장의 날들을 찾아서

02_서부 자바 주 수까부미 군　　뻴라부안라뚜Pelabuhanratu

— 아직, 마침표를 찍지 못한 편지.

겨울이 없는 적도에서

온몸에 새겨진 겨울 유전자가 불러주던

하양의 이야기들과 별것 아닌 안부.

더러는 이렇게

소소한 것에 의미를 주는 일.

생을 칠하는 한 빛깔이다.

거기에 두고 온 나

여기에 있는 나

제2아지트 천장에서 흔들리던

빨강 삐에로 인형.

나른한 눈빛의 인니여자들 그림.

발리 섬 우붓 마을 다랑이 논의 해질녘.

미술관 연못에 비추던 노랑 모스크 그림자.

그 편지는

지금도,

자작나무 상자 속에서 겨울 적도의

따뜻한 안녕을

써내려 가고 있다.

해신당,
초록공주의 거처에 들다

인니 사람들이 즐겨 찾는 바다 중의 한 곳인 뿔라부안라뚜 해변. 이국인들의 발길이 뜸하다는 말에 이끌려 무작정 찾아갔다. 언제나 그렇듯이 처음 가는 길은 기대감으로 살짝, 흥분된다. 해변 초입에 도착해 늦은 점심을 먹은 후, 긴 해변을 따라가다가 발견한 아말 마을 한쪽의 작은 동산. 호기심 가득한 얼굴로 동행한, 독실한 무슬림 신자에게 동산의 정체를 물었다. 그의 대답은 간단했다. '사탄의 집' 이 있는 곳. 오! 놀라움과 함께 아주 짧은 침묵이 흘렀다. 지금이라도 가던 길을 멈추고 그곳으로 가고 싶은 속마음을 접어 둔 채, 작은 밀림을 달리고 미술관 같은 누드 건물의 제비집을 지나, 마침내 올라간 사탄의 집이 있는 곳은 아주 작은 마을이었다.

마을 중간에서 만난 대문 없는 초록공주의 집. 몇 개의 계단을 오르자, 무슬림 복장의 노인이 반갑게 인사한다. 거실이 있을 자리에는 하얀 타일 무덤 안에 목만 있는 얼굴 조각이 양쪽에 있고 조각엔 하얀 천이 씌워져 있다. 무덤 안에는 형형색색의 생화 꽃잎이 가득했다. 신비스러움과 놀라움에 오싹함이 느껴졌다. 조금

후, 무슬림 복장을 한 사람들이 몰려왔다. 그들을 안내하는 곳은 타일 무덤 우측의 철문이 있는 또 다른 하얀 무덤 셋이 있는 방이다. 큰 자물통으로 잠가 두어, 창살 틈으로만 내부를 볼 수 있게 하고 있었다.

우리와 동행한 무슬림인 지인은 해신당 계단에도 발을 딛지 않았다. ('해신당'이란 이름은 삼척시 신남마을의 바다신을 모신 '해신당'이 생각나서 내가 지었다.) 그는 이곳을 방문하는 무슬림들은 사이비이고, 미친 사람들이라는 말도 서슴없이 하여, 우리를 놀라게 하였다. 인니, 초대 대통령이 이곳에 와 당선 전 기도를 올렸고, 재임 기간에도 가끔씩 들러 휴식을 취했다고 한다. 해신당을 지나 마을 끝에 이르자 나타난 절벽 아래로 밀려드는 파도는 유난히 거칠었다. 인니 바다를 떠도는 바다 여신인 초록공주가 거친 바다의 파도를 타고 이곳에 와, 이삼일을 지내고 간다는 그녀의 거처. 그녀의 영적 기운이 깊게 스며있는 이곳에서 소원하는 기도를 올리면, 반드시 이루어진다는 믿음이 전설을 넘어 신화가 되어 가고 있었다. 보이지 않는 초록공주의 존재는 종교와 시간을 초월하여 인니 사람들의 마음을 지배하고 있었다.

— 사탄의 집이란다

바다여왕 거처, 시신 없이 얼굴

조각상만 있는 하얀 타일무덤

열망의 꽃잎들, 색색으로 덮여 있다

달 없는 밤이면 초록공주, 풍랑을

타고 와 처소로 삼는다는 벼랑위의 집

꽃잎무덤에 스며든

바다여신 긴 그림자

슬그머니, 여행에 지친

이국 여자의 손을 잡는다

- 졸시 <변신>

비밀의 방, 308호
바다 여신의 처소가 있다

무작정 찾아간 바다에서 알게 된 초록공주로 불리는 바다 여신. 그녀에 대한 궁금증은 우리를 또다시 아말 마을로 불러들였다. 공항이 없어, 자카르타에서 차로 이동 시간만 4~5시간이 소요되는 곳. 우리가 알고 있는 해신당이 아닌, 또 다른 곳에 그녀를 위한 공간이 있다고 했다. 오래전 뿌자자란이란 동네에 문딩 윈지 란 왕이 있었다. 그에게는 '데위 까디따'란 아주 예쁜 딸이 있었다. 딸에게 왕권을 물려 줄 수 없는 왕은 다시 결혼하여 아들을 낳았다. 아들을 낳은 데위 무띠 아라 왕비는 아들이 왕위에 오르는데, 딸인 공주가 방해될 듯해, 공주에게 피부병을 옮겨 흉측한 모습으로 만들었다. 공주는 왕의 곁을 떠나, 7일을 걸어 사무드라 남쪽 해변에 닿았다.

유난히 맑은 바닷물이 있는 해안에서 어딘가로부터 '바닷속으로 들어가라'는 소리가 들렸다. 공주가 바닷물에 들어가자, 피부병은 완전히 낫고 공주는 예전보다 더 예뻐졌다. 그렇게 공주 이야기는 사무드라 해변의 전설이 되었다. 그 후, 이 전설을 믿는 한 사람이 있었고 그의 말에 의하면 사무드라 호텔 308호 방으로 지금도 데

위 까디따 공주가 초록옷을 입고 온다고 했다. 이후, 뿔라부안라뚜 해변에 녹색 옷을 입고 오는 사람이 오면, 초록공주가 데려간다는 소문과 함께 일 년에 한 명씩 사람이 없어졌다 한다. 이 때문에 사람과 해변을 지켜 달라는 의미로 308호를 바다 여신의 처소로 모시게 되었다 한다.

해변과 가까운 수까부미에 오랫동안 살고 있는 한인이 전해 주는 이야기는 이와 달랐다. 그의 말에 의하면, 호텔이 생긴 후 실연의 상처를 지닌 한 아가씨가 308호에 머물다가 자살했다. 밤마다 여자의 울음소리가 호텔에 퍼졌고, 호텔 측에서 그 방에 그들의 전설 속 초록공주를 모시자 더 이상 울음소리가 들리지 않았다 했다. 우리는 호텔 5층에 머물다가 돌아오는 날, 지배인의 안내를 받아 308호에 들렀다.

작은 방은 전부 초록색으로 꾸며져 있었다. 심지어 꽃잎이 뿌려진 침대와 몇 벌의 드레스까지… 방 중앙에 있는 큰 액자 속의 바다여신은 초록 드레스 차림으로 용을 타고 거친 파도를 헤치며 나타나는 모습이었다. 처음 갔던 해신당에 걸려 있던 사진과 같았다. 근처 가게에는 똑같은 사진이 판매용으로 걸려 있었다. 여신의 모습을 한 여자는 우아함과 섹시함을 갖춘 매혹적인 모델이다. 방 안 사진 앞 제단에는 꽃과 향, 음식들이 기도를 위해 놓여 있었다. 마치, 공주가 매일 이곳에서 일상을 보내고 있는 듯 기묘한 풍경이었다. 해신당에서 본 것처럼, 이곳에서도 한 무리의 무슬림이 여신의 방을 보려고, 문 앞에 대기 중이었다. 지배인의 말에 따르면 호텔 투숙객이 아닌 사람들이 308호 방문시에는 약간의 돈을 지불하며 기도 시간도 정해져 있다고 한다.

인니의 여러 지역을 여행하면서 알게 된 것 중 하나는… 인니인들은 현재 믿고 있는 종교가 있음에도 많은 사람의 마음을 지배하는 건 그들의 토속신앙이라는 것이다. 어떤 도시는 토속신앙을 나라에서 인정하기까지 했다.

인니 바다의 어느 곳이든 바다의 여신으로 불리는 초록공주의 존재가 있다고 한다. 1만7천 개가 넘는 섬으로 이루어진 바다의 나라답게, 바다 여신의 이야기는 이 나라 해변 어느 곳에나 있다. 이곳 해변이 초록공주의 전설이 가장 구체적으로 나타나고 시작되는 곳으로 알려져 있다. 호텔과 해신당은 차로 10분 거리에 있다. 서로 다른 모습의 공간으로 사람들을 부르고 있었다. 불완전한 인간들이 신을 찾게 되는 건, 보이지 않는 존재인 신이 그곳에 있다는 환상이 만들어 낸 공간에 대한 믿음이 있기에 가능할 것이다. 그만큼, 그들의 영혼도 순수하다고 여겨지는 건 나만의 생각일까….

— 나의 신을 향한 이 저녁의 기도는
홀로 만든 신전 앞에서
나를 부르고 있다.
인니에서 데려온
인니여자들 그림 아래
하양 물고기와 검은 물고기가
놓인 나의 신전.
하루를 마친 모든 이에게
바다 여신인 초록공주의
따스한 사랑이
밤바다 달빛의 윤슬로
스며들길 바라며
두 손 곱게 모은다.

—

뜻밖의 소풍

—

사전을 끌어안고 쓸데없는 이야기나 줄줄이 적거나

기억하는 일 말고도 무슨 죄를 더 지을 것인가,를

고민하며

감옥에 갇히길 꿈꾸던 이병률 시인처럼

말랑말랑 달콤한

감옥에 갇힌 지 사흘 모자라는 한 달

구름과 바람만이 드나드는 자카르타 술탄 29층

몸과 마음이 헐거워진 나는

뒤늦게 온 책 속에 묻혀

매일매일 일기 쓰고

닳아가던 설렘에 비를 뿌리고

안으로 안으로 뼈의 길 만지며

산책에 열중한다

초록에 지친 이국 공원 너머로

한낮의 소란 남겨둔 채 사라지는

적도 근처 석양만이 여행자를 잠재운다

더 이상 지을 죄가 없다

나팔꽃과 맨드라미와
나비가 부르는 오후

03_서부자바 주 찌안주르 군 따만 붕아Taman Bunga

—

아직은 봄이 오기를 어려워하는
산골짜기 사과밭.
놀이터이자 작업실이 있는 거기.
멀리 떠나면서 두고 간
나를, 재촉 없이 기다리는 오두막.
'오후의 사과나무'란 이름으로
걸린 문패는
주인 없는 시간에도
꿋꿋하게 빈집을 지키고 있었다.
지난봄의 탱탱함을 기억하는
노랑 산수유 긴 팔 내밀어
여행자의 손을 잡는다.
꽃무늬 프린트 화사한 긴 치마를 입고
빨강 구두를 신은 여자.
꽃보다 먼저 피어나서
산 그림자에 기대어 손을 흔든다.
돌담 아래 서둘러 핀 하양 머위꽃
투박한 꽃송이마다 별 하나씩 꺼내어
뿌리 깊은 바람의 등을
부지런히 밀어내고 있다.
아직은 느린 봄…

그곳에선
당신을 잃어도 좋으리

일 년 내내 꽃을 피우는 열대 나라 인니. 꽃들의 나날은 바쁘지도 느리지도 않다. 자카르타는 과거와 현재 그리고 미래가 공존하는 도시다. 자카르타에서 꽃의 공원으로 가면서 보이는 마을들은 낯설지 않은 모습이다. 친절하지 않은 울퉁불퉁한 길을 천천히 가서야 만나는 거대한 정원. 동양과 서양의 분위기가 함께 하는 넓디넓은 정원. 어느 장소를 택하여 누구와 걷더라도 그곳만의 느낌에 매료된다.

어린 시절, 앞마당에서 보았던 색색의 다알리아꽃과 큰 집 마당 한쪽에 피어 있던 맨드라미꽃들. 지금은 보기 힘든 꽃들의 정원을 걷노라면, 어린 시절의 내 모습이 푸르게 탁본 된다. 짝꿍과 똑같은 빨강 세라복 원피스를 입고 둘이서 교장 선생님 손을 잡은 채, 까르르거리며 소풍 가던 초등학교 2학년. 소나무 숲 언덕에서 엄마와 동생들과 먹던 도시락. 달콤했던 하루가 오래된 앨범 안에 곱게 잠들어 있다.

많이 덥지 않은 날씨가 주는 싱그러움에 기대어 공원을 산책하는 시간은 지상이 아닌, 어느 먼 세상의 하루를 잠시 빌려와 지내는 듯… 환희로움에 존재의 소중함과 영혼의 따뜻함으로 눈물이 조금 나오는 걸, 느낄 수도 있으리라. 그곳에 가면, 당신이 잊고 살았던 다시 보고 싶은 지난 시절의 흑백 풍경. 꽃밭에서 느리게 걸

어 나와, 다락방에 숨겨둔 일기장 갈피갈피의 소중한 기억들 한꺼번에 불러내리라. 낮은 바람은 따스한 손길로 지친 당신의 어깨를 토닥여 주리라. 돌아오는 길에는 백석의 시 〈창의문외〉 속 예스러운 배경을 만날 수도 있으리라. 그리고 어느 때보다 강렬한 적도의 석양을 보게 되리라.

— 이 글을 쓰고 있는 한낮
정원 꽃밭에 쏟아지던 햇살과
당신이 조용히 불러주던 노래.
키 큰 그리움으로
펄럭펄럭, 구름 몇 점에 묻어와
가만히 어깨를 두드린다.
달콤한 연애의
시간들을 호명했던 순간.
추억과 기억을 한꺼번에
불러내는 램프의 요정들.
그 시절 안,
당신과 내가 금빛 액자 속에서
노랗게 웃고 있다.

따뜻한 바다

한 달하고도 보름이 모자라는 일 년을 거제도라 불리는 섬에서 살았다 사람들이 이고 다니는 바다, 바다는 언제나 솜털처럼 가볍게 뜰 안에 날아오곤 했다 아직 걸음이 서투른 딸아이는 까치발을 세워서 바다와 나비를 잡으려는 몸짓에 까르르 까르르 때 이른 햇살을 집어왔다 작은 연못에선 겨우내 부화를 꿈꾸던 도룡뇽들이 봄을 찾아 산으로 오르고 아주 가끔씩 연못 속에 돌을 던져왔다 기별도 없이 오월이 시작되면 축제처럼 논밭에는 지천으로 자운영이 피어나 이방인의 가슴 속에 잃어버렸던 섬 하나 심어주곤 했다

지금도 눈 감으면
자운영 꽃들이 논밭에서 소를 먹는 풍경이
뱃멀미처럼 다가온다
그 슬픈 이동의 끝
떨려오는 봄이 있다

마법의 손길로
영혼을 빚는 남자

04_도자기 공예가

위도얀또F. M. Windayanto

— 사춘기를 지독하게 앓아 본 사람.

생의 시작이 아니라 끝을 먼저 보았던 그 시절.

어느 날

갑자기 찾아온 사랑하는 사람과의 이별.

이별 후의 여자는

명랑을 묻고, 원하지 않았던 슬픔을 끌어안은 채

삶을 살아 내었다.

스무 살 전의 여자는 마음이 많이 아팠다.

안락함보다 불편함이

햇살보다 서늘함이 정신을 감싸던 그때.

얼굴이 하얀 소년의 과수원집에서

들었던 끝없는 사랑.

잠깐의 위로와 영원한 기억.

그 끝을 지나온

생의 한가운데서

낯선 길에 서 있는 그 여자를 다시 만난다.

흙으로 환생을 굽다

한 남자가 있다. 청바지가 잘 어울리는 남자. 자신의 작품과 결혼한 듯 보이는 남자. 세상의 일에는 무심한 듯 보이는 남자. 그는 홀로이면서 다수인 남자다.

지나간 시간을 불러오고
지나간 바람을 불러오고
그 시간과 바람 속에서 살았던 사람들을
불러와서 못다 한 사랑을 이야기하고
그리움을 펼쳐내는 남자의 작업.
그 남자는 신화를 다시,
신화로 만들어내는 신의 손을 가지고 있다.
남자가 꿈꾸는 세상은
자연에서 자연으로 돌아갈 흙의 일생이다.
남자의 손길로 만들어진 신화 속의 여자와 남자.
그리고 그 남자의 품에서 살고 있는 남자와 여자들.
또 다른 세상으로 환생하여 새로운 생을 이어가는 작품 속 주인공들.
그 남자가 빚어내는 흙이란 생의 일대기는 신비를 넘어 찬란하다.
그를 만나면 전생의 어느 한 시절. 머나먼 세상 저편에서 남자의

여자가 되어 시간이 멈춘 숲속의 궁전에서, 달콤함만이 가득한 순간을 보냈을지도 모르는 스침을 상상하는 꿈을 꾸어도 좋으리라.

여자와 남자가 공존하는 그 남자. 남자의 손길이 닿은 곳마다 동화책 속의 공간이 그림처럼 모습을 드러내었다. 하루 동안, 그를 만나면서 느꼈던 그에 대한 끌림의 한 문장이다.

그가 살고 있는 그곳. 열대 나라임에도 서늘함으로 충만한 곳. 누군가, 직접 다녀온 알함브라 궁전 같다고 했다. 그도 그곳을 꿈꾸며 자신만의 궁전을 만들었을까…. 그의 작업이 이루어지는 그곳에서 예술의 본질은 스밈에 있다는 생각이 들었다. 상상력으로 만들어 내는 작품들 속에다 작가의 고유한 환상을 버무려 내는 작업. 세계 속 신화의 인물에 제 나라의 남자 여자와 상징들을 재해석하여 탄생시키는 마법의 손.

그의 작업은 홀로 조용히 그러나 치밀하게 이루어진다. 실제 모델을 통하여 크기를 가늠하고 한 부분씩 만들어 재조합한다. 작품을 보며 느꼈던 놀라움은 감동으로 이어지고… 지금까지도 온몸에 스미어 그 기억 속으로의 순간을 불러온다.

그 마법의 손길로 환생하는 세상 풍경 앞에 서면, 인간의 상상과 열정은 신의 영역조차도 넘을 수 있다는 놀라움과 함께 찬사를 보내게 된다. 작가의 숲속 궁전 같은 집. 그곳에서의 하룻밤을 기꺼이 환영한다고 했건만, 동행했던 일행들과의 엇갈리는 시간으로 언젠가는… 이라는 긴 아쉬움을 접어 두고 돌아왔다.

색색의 우산을 쓴 아이들이
총총걸음으로
파란 미끄럼틀이 있는
놀이터 앞을 지나간다.
놀이터 울타리에 나란히 서서
만개를 머뭇거리던 산수유
노랑 꽃망울이
봄비 속에서
온몸으로 환하게 피었다.
꽃보다 먼저 활짝 피어서
노랑비 속으로 사라진 아이들.
우기의 적도도
이곳의 삼월도
보고 싶은 얼굴들을 떠올리며
웃음 짓게 만드는 날이다.

Gambling Idol

오후의 사과나무

남루하지 않아서 더 슬픈 누군가의
생애를 들여다보는 한낮은
게으른 한 생이 더 느리게 흐른다

눈꼽재기창에 긴 목 내민 사과꽃
가지마다 못 다 부친 이국 안부
분홍꽃잎에 몽글몽글 써내려가는 중이다

저물녘 정원 연못 안으로 스며든
노을보다 애잔했던 그들의 사랑
높은 천장 서까래에 깊이 스미어
나무의 긴 생애를 탁본하느라 손끝이 아리다

따나 또라자,
영원한 바다에 스미다

05_남부 술라웨시주Sulawesi 따나 또라자 군Tana Toraja

—

소설이 되어 전설이 되고

신화가 되어 가는

인물들을 조각가의 시선으로 재해석하며

인체의 풍성한 이야기를

여린 듯 강하게

표현한 작품들 앞에서 오랫동안 눈빛을

모은 채, 말없이 서 있었다.

머나먼 이국의 조각가가

우리의 미술관에서

들려주고 싶었던 메시지는 무엇이었을까.

인간이라면 누구나

공감하게 되는

생과 사의 세상에 대한 진지한 접근.

짧지만 긴 여운이 남는 미술관 나들이.

오랜만에 함께 하는 이와

감성 풍부한 그의

친구가 있어서 더 좋았던 시간.

문득, 그늘에서

지고 있는 꽃들의 안부가 궁금했다.

유배자의 마음으로 떠나는 똥꼬난의 도시

인니의 술라웨시 섬, 깊은 산 속에는 배들이 정박한 섬들이 있다. 오래전 흑백 풍경 같은 바위 묘지에 대한 기억. 그 기억을 되살리며 꼭 가고 싶었던 곳. 이젠 기억조차 희미해져 가는 지독했던 아픔의 시절. 죽음의 문턱을 넘나들던 기억이 그곳으로 떠나고 싶은 바람을 부추겼으리라.

아주 오래전 먼바다를 건너온 인도차이나 사람들이 정착한 따나 또라자로 떠나는 길. 마까사르 공항에서 바닷길을 4시간쯤 달리자, 길은 숲으로 이어졌다. 구불구불한 산길을 가면서 유배지로 떠나던 옛사람들이 떠올랐다. 그들의 마음은 가볍거나 무거웠으리라는 위로의 마음으로 창문을 열었다. 지금의 이 길은 내가 자청하여 유배지로 떠난다는 생각이 들었다. 말간 얼굴의 정신을 들여다보는 일이 무겁다고 여기던 시절이 지나갔다. 완성되지 못한 문장들이 습작 노트 속에 흐린 글씨로 남아 있으리라.

창문으로 스며드는 시원하고 맑은 공기.

주홍 라다 꽃송이가 커다란 나무 아래 산 채로

뚝뚝 떨어진 울퉁불퉁한 칠월이었다.

산속으로 가는 길이 깊어지자 비가 내리기 시작한다.

인니 여가수의 슬픈 노래가 비와 함께 여행자의 마음을 파고든다.

어둠이 내린 또라자 시내는 조용하고 적막하다.

늦은 저녁을 먹고 깊은 잠에 빠졌다.

종교보다 깊은 토속 신앙의 힘

산중 도시에서의 아침은 조용하게 시작되었다. 또라자는 1,500년 전에 형성된 도시다. 흥미로운 건 이들의 특징이 우리와 흡사한 부분이 있다는 것. 매운 음식을 즐기고 성격이 급하며, 또라자족보다 먼저 온 수마트라 섬 바딱족의 언어는 우리말과 비슷하다고 한다. 네덜란드 식민지 시절의 영향으로 또라자족 종교는 95%가 기독교임에도 불구하고 현재까지 또라자족의 정신과 생활을 지배하는 건 토속신앙인 알룩 또돌로Aluk Todolo이다. 인니 정부도 1969년 공식 민간신앙으로 지정하였다.

모국을 버리고 죽음을 무릅쓴 긴 항해 끝에 도착한 곳이 또라자. 그들은 바다로부터 아주 먼 곳인 산속으로 타고 온 배를 끌고 왔다. 떠나온 모국을 잊지 않으려는 마음과 언젠가 돌아가고 싶은 염원이었으리라. 배를 보면서 향수를 달래고 배의 제작법을 잊지 않으려고 똥꼬난Tongkonan이라 불리는 배 모양 지붕을 얹어 살기 시작했다는 이야기가 전설처럼 전해진다. 똥고난은 대나무로 만들었다. 지금은 지붕만 양철을 얹는다. 천 년이 넘은 똥꼬난도 형체는 그대로 남아 지붕에는 풀들이 무성하지만, 현재도 사용이 가능하다.

— 멀리 오면서 두고 온 고향 바다

깊은 산 속

살아서도 죽어서도

바다와 함께 영원을 사는 또라자족

기쁨으로

슬픔으로

지붕으로

상여로

무덤으로

살아 있는 전설의

슬픈 배 이름이여!

- 졸시 〈똥꼬난〉

3박 4일 동안 섬처럼 떨어진 숲속의 마을을 지날 때마다 가장 먼저 눈에 띄는 건 똥꼬난이었다. 똥꼬난은 결혼식장에서도 장례식장에서도 또라자족과 함께 생과 사의 경계를 넘나드는 그들만의 상징이자 그들만의 깊은 신앙이었다.

결혼식과 장례식은 주로 주말에 한다. 우리는 도착 다음 날 장례식을 위한 준비 과정인 물소와 돼지 잡기를 보았다. 살아있는 소를 잡는 장면을 보기 위하여 모인 현지인과 이국인들로 북적이는 장소엔 소들의 배설물과 피비린내로 코를 막아야했다. 오래전 이 장면은 특이한 장례식 풍습을 찍기 위하여 세계 곳곳에서 신문과 방송국 사람들이 모여들었다고 한다. 길게는 십 년에 한 번씩 벌

어지는 독특한 장례문화를 알고 싶어 하는 이국인들을 위하여, 도시 행정실에서는 장례식 날짜가 정해지면 세계의 신문이나 방송 매체에 연락을 했다고 한다. 몰려드는 이국인들을 위하여 자카르타에서 이 도시까지 비행기가 운항되기도 하였다. 그러나 지금은 장례식 절차도 줄고 묘지 형태도 예전과 달라져서 이국인들의 관심이 줄었단다. 그로 인하여 더 이상 비행기 운항도 하지 않는다. 나 역시 오래전 우리네 티브에서 보여주었던 또라자족 장례식을 인상적으로 보았던 기억이 있다.

때마침 주말에 있을 결혼식과 장례식에 참석할 기회가 주어졌다. 우린 결혼식에 하객으로 참여했다. 숲속의 외딴집에서 치르는 결

혼식에는 천여 명의 사람이 모였다. 결혼식은 먼저 기독교식으로 양가 직계가족만 참석하여 교회에서 치른다. 네덜란드 식민 지배의 영향으로 또라자족 거의가 기독교를 믿고 있다. 신랑 집에서 그들을 기다리는 동안 전통주와 음식을 먹거나 카드놀이를 하며 시간을 보낸다. 우리도 함께 술과 음식을 먹으며 그들과 어울렸다. 축의금에 대한 답례품으로 그들의 전통 음식인 '빠삐용'을 하나씩 주었다. 빠삐용은 또라자족 대표 전통음식으로 요리법이 독특하다. 굵은 대나무통 속에 물소나 돼지, 닭고기와 야채를 넣고 3~4시간 불에 구워서 익힌다. 다 익은 음식을 접시에 담아서 먹는다. 시간이 많이 걸리므로 식당에 미리 주문하여야 한다. 고기마다 다른 야채가 들어가고, 독특한 양념으로 간하여 색다른 맛을 즐길수 있다.

화려한 복장의 들러리들을 앞세우고 등장한 신랑신부는 양복과 흰 드레스를 입고 있다. 화려하고 웅장한 똥고난 예식장이다. 결혼식은 우리네 혼인신고 같은 절차를 거친 후에 진행된다. 예식 중간 중간 연주와 축가를 부르는 이벤트도 우리랑 비슷하다. 장례식에도 많은 사람이 모인다고 한다. 주말에 치뤄지는 결혼식과 장례식은 또라자족의 축제였다.

오래전 쓴 '죽기 좋은 장소'라는 시가 있다.

그곳은 '살기 좋은 장소'이기도 한 마음으로 긁적였던 것이다.

또라자는 내게 살기도 좋고 죽기도 좋은 그런 곳이었다.

삶이 죽음이고 그 죽음 후도 여전히 삶이 함께한다는 …

그 경계 없음이 주는 평온함이 마음을 당겼으리라.

쓸쓸하고 무겁게 떠나온 유배자의 마음.

오랫동안 마음 창고에 남아 있을 곳.

서늘하고 적막하고 화려하지 않아 더 매력적인 곳.

오랜 시간이 흐른 후,

바람의 한 문장으로

또라자 깊은 산 속 바위묘지 앞에 머물게 되리라.

죽음과 동거를 시작하면서 데리고 놀던,

그늘과 권태와 우울을 그곳에 두고 왔다.

—

노을을 찾아서 해질녘

수목원을 산책하는 날이 많아졌다.

천천히,

오래오래,

느린 걸음으로

징검다리를 건너고

하양 그네에 앉아

당신이 머무는 저곳으로

긴 햇살 한 귀퉁이 곱게 접어서

구름편지를 띄운다

소매 끝 레이스 천 자락에

묻은 잉크를 말리며

다시, 걸어서

작은 숲 연못에 이른다.

하양 이팝나무 몇 그루

연못 속에서 허공을 끌어안은 채

첫 여름 저녁을 가만히 열고 있는 날.

—

바타비아 마리나

—

시체 놀이에 지겨워진 나는 작은 가방에 몸을 구겨 넣었다 십 년 동안 데리고 놀던 지병과도 결별을 선언했다 마흔에 찾아온 슬픔의 집 한 채 햇볕 좋은 골짜기 마을에 두고 먼 길을 나섰다 집 안 가득한 곰팡이의 향기는 노랗게 하얗게 더러는 보라로 천천히 익어가리라 발바닥에서 자라던 지느러미가 허리를 지나 겨드랑이에 똬리를 틀었다 바다의 본적이라 부르고 싶은 인니 자바 섬 한가운데 자카르타 술탄에 가방을 열었다 작은 가방에 실려 온 지느러미에서 파파야 주홍 향기가 묻어 나온다 모든 사물에 신들의 이름으로 올리는 낯선 기도 소리가 하루 종일 방문 앞을 서성거린다 지느러미가 꿈틀대며 순다 끌라빠항 늙은 목선 나무 갱웨이를 느리게 오른다 얼굴이 검은 이국의 남자 손 내밀어 마스트로 이끈다 섬나라 검은 숲에서 살아온 목선 수피에는 두고 온 밀림의 하늘 냄새가 여전히 자라나고 있다 나도 목선도 자바 섬 풍경에 익숙해지려고 한다 때마침 지나가는 석양을 받으며 마스트에 걸터앉아 헐렁헐렁한 표정으로 낡은 시계의 시간을 만지작거린다 붉은 트럭에 실려 온 시멘트 가루를 파도 거품에 반죽하여 둥근 시계추에 슬며시 바른다

우주목으로 태어나 어미목으로 살아가는 그 나무

06_남부술라웨시Sulawesi 주 따나 또라자 군TANA TORAJA

—

해독하기 힘든 고대의 문자나

그들만의 무늬로 쓰인

기록을 만나는 일…

한동안 그 세계에 빠져서

현실이라는 일상을 잊은 척 지냈다.

상상으로 풀이되는 과거는

그때의 순간순간을 오묘한

문양과 형식으로 남겨두었다.

지금,

계절의 바깥에서는…

꽃들이 피고 지고, 피고 지고

연두의 아우성이 남에서 북으로

점령군의 깃발을 흔들며 행진하고 있다.

비와 커피를 재즈에 섞어서

아껴두었던, 소설의 마지막 페이지를

넘기는 오후.

사과꽃 피는 언덕배기에서

두 손 흔들며 마중 나온

분홍 꽃잎들의 악수가 정겹다.

따르라뜨리의 생애

누구나 죽음을 떠올리면 철학자가 된다. 삶의 경계 저 너머에 존재하는 또 하나의 세상. 그렇게 위안하면서 운명이란 이름으로 맞이하는 일. 인니의 술라웨시 섬 따나 또라자에서 만나는 죽음은 조금 다르다. 또라자에는 죽음이 자유롭게 지천으로 널려 있다. 죽음과 삶의 경계가 없는 곳. 의식 속에 깊게 자리한 죽음에 관한 생각을 밀쳐내 새로운 의미로 죽음의 형식을 보게 된다.

또라자족의 죽음 이후 세계는 장례 풍습에서 구체적으로 나타난다. 또라자 여행 중, 나의 눈길과 생각을 가장 많이 끌었던 무덤 양식은 베이비 그레이브Baby Grave라는 아기무덤이었다. '따르라뜨리'로 불리는 나무에 한 돌이 되기 전 떠난 아기들을 위한 무덤을 만들었다. 이 나무는 튼실하며 수분을 많이 품고 있다. 나무는 엄마의 상징으로 여겨진다.

엄마 대신 젖을 주고

엄마 대신 눈빛 맞추고

엄마 대신 자장가를 불러

주는 천국행 사다리

아기를 키워주는 나무 무덤

- 졸시 〈따르라뜨리〉

엄마의 사랑으로 저 너머의 세상에서 다시, 행복하게 살아갈 거야. 온몸으로 주문을 걸어주며 아기를 키워주는 나무무덤. 나무가 주는 신성함과 장수에 기댄 오래전 사람들의 믿음. 그 믿음은 동물들을 숭배하여 제물로 바치는 토테미즘 신앙에 근거하여, 오랫동안 또라자족의 의식을 지배했던 것 같다. 아기들 부모의 신분에 따라 나무무덤 위치도 다르다. 귀족은 가장 높은 곳. 평민은 중간. 천민은 아래 공간. 귀족은 돼지를, 평민은 닭을, 천민은 달걀을 제물로 바쳤다는 이야기가 낯설지 않았다. 아주 오래전부터, 지구촌 어디에나 존재했던 인간과 인간의 차별이 만든 씁쓸함.

자연의 일부로 태어난 우주목이 인간의 어미목으로 살아가는 한 나무의 생. 또라자에서도 26년 전부터 나무의 이른 고사로 인하여 더

이상 나무무덤은 만들지 않고 가족묘에 함께 안치한다. 현재 네 곳의 나무무덤이 남아 있다. 이제, 비로소 나무는 나무의 생을 사람은 사람의 다음 생을 이어가고 있다. 결혼식보다 장례식에 더 많은 의미를 부여하는 또라자족. 세상을 모른 채, 생명을 접어야 했던 기막힌 운명의 아기들을 위한 어미목의 탄생. 엄마의 사랑을 대신 품고 사는 어미나무 앞에서 목을 길게 뻗어 올려다본, 검은 숲의 하늘.

머리를 풀어헤친 엄마의 형상으로 어미나무 몸통에 남아있는 아기 무덤들. 오랜 시간이 흐르면 영혼의 이름만 전설로 남게 되리라. 따르라뜨리의 생애에 엄마의 마음으로 바치는, 이국 여자의 기도가 마지막 헌사이기를…

— 어젯밤 꿈속에서

어미목에 방을 가진

이 땅에 살았던 아이들을 만났다.

폭우와 폭설, 천둥, 번개가 다녀가는

그곳에서도 아이들의 눈빛은 맑았다.

어미목의 잎사귀가 찰랑찰랑

연둣빛 바람에 저 너머의

안부를 우리에게 보내왔다.

길고 긴 봄날의 꿈이었다.

가을을 맞이하는 자세

화살나무 빨강 잎사귀 손톱으로

꾹꾹 누르면 적도의 석양처럼

지평선 낮은 구름에도 붉게

스미어 쓸쓸함을 키워줄까,

무심히 지나쳤던 수목원 나무들

가을이 오면 점령군이 되어 하늘로

하늘로 온몸을 펼친다

헐렁하던 허공이 색색의 이파리들로

채워지는데 하느님은 어디로 숨을까,

다락방에서 동그랗게 몸 말아 무릎에 두 팔

묻고 열두 살 계집아이 그림자를 부른다

억울한 엄마 잔소리에 눈물 훔치며

달려갔던 해질녘 둑길

패랭이꽃보다 고운 노을 비추던

저녁 강에 어룽지던 엄마 미소

그 엄마, 영원의 가을 속으로 떠난 옛집

담장 너머 뚱뚱한 오동나무 밑동에서

들려오는 개미떼의 합창

뒤뜰 포도나무 넝쿨마다 알알이

열매로 자라난 앨범 속 풍경

지하 창고에서 정든 향기로 익어간다

지금도 엄마 숨결 남아 있는 늙은 항아리들

저쪽별에서 이쪽별 바라보는 엄마 얼굴

저무는 햇살에 반짝이는 빨래집게 펄럭펄럭

옥상의 저녁은 기울어진 기와산

마주 보며 일찍 자리를 펼친다

조금씩 빨리 찾아오는 어둠 데리고

먼 길 떠났던 식구들, 별과 함께

자장가 부르며 하나둘 엄마를 찾아서

옛집으로 몰려오고 있다

비밀의 정원에서 찾은
꽃들의 자서전

07_서부자바 주

가룻 군Garut

—

여행자의 눈으로

여행자의 마음으로

여행자의 자세로 살아가는 삶은

소풍의 나날처럼 설렘을 준다.

당신이 어느 곳에 있을지라도

여행자처럼 살아간다면

당신이 그리는 생의 지도는

무겁지도 가볍지도 않게 흘러가리라.

어느 날,

떠난 여행지에서

그곳이 당신의 소맷자락을 이끈다면

그 간절함을 핑계 삼아 머물면 되리라.

나는,

지금도

여행 중이다.

낙원의 문지기를 만난
식물원 호텔

서늘하고

조용하고

풍부한 먹거리들

멈춘 듯 여유롭게

생을 이어가는 사람들

그 먼 시절, 찰리 채플린이 두 번이나 다녀갔다는 곳.

인니의 스위스로 불리는 곳.

수도 자카르타와 멀지 않은 도시.

살고 싶은 인니의 도시 중 한 곳.

인적 드문 숲 속

통나무로 지어진 방갈로 풍의 호텔.

인니에서도 처음 보는 귀한 꽃들이

이국 여자와 남자를 반겨주었다.

아늑하고 평화로운 안식처가

오래전부터 우리를 기다린 듯

희귀한 꽃들은 저마다의 방에 길고 긴 문장을 새기며

숲속의 적요를 쌓고 있었다.

꽃들의 방마다 들어가 듣고 싶은 이야기들은 접어둔 채

긴 아쉬움을 통나무집 대문 위에 걸어두고

떠나오면서 지녔던 그 느낌은

이별의 노래처럼 가슴 저편이 아렸다.

영원한 사랑의 꽃,
에델바이스를 찾아서

해발 2,660m 파파다얀 에델바이스 평원.

열대 나라에 존재한다는 에델바이스를

찾아가는 길은

이국의 남자와 여자에게

호기심 가득한 설렘과 기대감을 주었다.

돌길을 지나 활화산을 만나고

인니의 곳곳에서 온

큰 배낭을 짊어진 젊은이들과 함께

뜨거운 햇볕과 벼랑길을 지나서…

저 높은 평원에 가득 피어 있다는

사랑의 꽃을 향한 걸음걸음이 정성스럽다.

그곳에 가면

지극했지만, 빛바래가는 사랑을

다시, 찾을 수 있다는

잘생긴 인니 남자의 속삭임에 이끌려

마침내 찾은 거대한 에델바이스 꽃밭.

우리가 알고 있는 에델바이스와는

꽃 색깔만 비슷했다.

둥근 나무에 뽀얀 솜털 같은 하얀 꽃이

작은 구름처럼 몽글몽글 피어있다.

때로는, 이렇게 무작정의 간절함만으로도

여행자의 걸음은 무겁지만 가볍게 살아난다.

우리가 다시, 찾고 싶었던 푸른 사랑은

그날의 기억 속 다락방에서

작은 창문으로 스며드는

햇살과 낮은 바람의 이름으로

오늘도 나풀나풀 흔들리고 있으리라.

삼백 년 된 섬마을,
찬디 창쿠앙 사원

잔잔한 호수 가운데 섬으로 존재하는 작은 마을. 호수의 이름은 창쿠앙이다. 기록에 의하면, 서부 자바의 순다인이 세운 수장국 중에 가루 왕국이 있었다 한다. 그 지역을 지금의 가룻으로 추측한다. 서부 자바에서 유일하게 원형을 남기고 있는 사원인 찬디 창쿠앙. 1966년 발견 당시 기단만 남아 있던 사원을 1978년 국립 인도네시아 고고학연구소에서 복원했다. 가루 왕국이 8세기 초에 세운 사원으로 전해진다. 힌두교 사원이 있는 섬에 정착하여 이슬람교를 전파시킨 족자카르타 출신의 장군은 싸움에서 패한 후에도 고향인 족자카르타로 돌아가지 않고 이 섬마을에 정착하여 결혼 후 6녀 1남을 두었다. 그 후, 딸들에게 여섯 채의 집을 지어 결혼시켜 살게 하여 장녀를 촌장으로 만들었다. 그때부터 지금까지도 여자들만이 마을의 책임자가 될 수 있는, 철저한 모계 중심 사회가 유지되고 있다.

삼백 년 된 섬마을엔 장군을 기리는 박물관도 있다. 외동아들이 미혼인 채 죽자, 그를 위한 이슬람 사원을 섬마을에 만들어 두었다. 아들의 상징으로 존재하는 사원 앞마당에는 잘 꾸며진 꽃밭과 늙은 우물 안에서 이끼처럼 자라는 전설이 이국 남자와 여자를 반기고 있었다.
삼백 년 된 여자들의 섬 힌두교 사원과 이슬람사원이 공존하는 마을. 타 종교에 대한 관대함은 인니 사람들의 여유로운 모습과 닮아있다.

작은 섬마을엔 삼백 년 된 이야기들이 차곡차곡 쌓여서 그들만의 역사를 만들고 있었다. 긴 배를 타고 섬을 떠나오면서 언뜻, 초록 숲에서 손을 흔들며 웃고 있는 장군과 아들의 환영을 보았던가.

분홍 햇살이 서서히

늦은 오월의 새벽을 열고 있다.

연파랑과 어우러진 깃털구름들.

밤을 꼬박 새운 사람만이 만나는

고요를 몇 마리 새가

노래로 열어주는 아침.

햇살보다 먼저 핀 꽃들의 얼굴

작은 화단마다

아침 운동장에 모여든

아이들처럼 발랄한 모습이다.

아주 조금,

제 몸을 흔드는

키 큰 나무도 창문을

두드리며 밤사이 안부를 건넨다.

—

산책

—

천

천

히

키다리 그림자 안

또 다른

나를

만나는

산책자의 길을 따라
그곳으로 흘러갔네

08_소순다 열도
Lesser Sunda Islands

발리 섬BALI
버두굴BEDUGUL의 울룬 사원

하얗게 더러는 보라로
감자꽃 피는 달.
주홍 석류꽃
담벼락 너머에서
에나멜 구두처럼 반짝이는 달.
연분홍 자귀나무 꽃잎들
하늘하늘 구름사다리를
타고 오르는 달.
조용하게 익어가는 살구가
있어서 수목원
산책 시간이 빨라지는…
희미함을 지나 짙은 햇살에
식물들의 모습이 선명해지는 달.
손부채로 얼굴을 자주 가리기 시작하는 유월.
그 한가운데서 맞이하는 흐려서 좋은 날.

층층 지붕마다 흐르는
여신의 노래를 듣다

발리Bali는 세계적인 휴양지로 알려진 이름이다. 그러나 발리가 인도네시아 안에 있는 섬이라는 것을 모르는 사람이 많다. 발리는 자바섬과 롬복섬 사이에 있다. 발리의 수도는 덴파사르Denpasar이다. 넓이는 5,808.8Km이다. 언어는 발리어와 인도네시아어를 사용한다. 발리족은 대부분 힌두교를 믿는다. 힌두교 사원은 푸라Pura이고, 모스크가 많은 인니의 다른 지역과 달리 발리 섬에는 푸라가 많다. 발리 최대의 축제는 내피데이Nyepi day라 불리는 침묵의 날이다. 이날은 불을 켜거나, 음악을 듣거나 티브이도 볼 수 없다. 차와 비행기의 운행도 금지된다. 발리섬 전체가 침묵하는 날이다. 물론 관광객들에게도 적용된다. 나도 꼭 한 번은 네피데이에 발리섬을 찾고 싶다. 이외에도 독특한 장례식 문화가 있다. 신체를 화장하는 것으로 응아벤Ngaben이라고 한다. 발리섬은 바다와 산을 모두 즐길 수 있는 지상 최고의 섬으로 매력적인 곳이다.

여행은 동행하는 사람에 따라 추억하는 풍경이 달라진다. 아기 때부터 보아온 스물일곱 예쁜 지성이와 처음으로 함께 떠난다. 신들의 섬으로 불리는 발리. 깊은 산골에 있는 호수사원으로 가는 길. 가이드도 처음 가는 여행길은 일정에 없던 멋진 장소를 만나는 행운과 함께 긴 시간이 걸렸다. 사진으로만 보았던 물 위에 뜬 사원. 독특한 건축 양식은 힌두교 풍이다.

오래된 섬처럼 호수를 지키며 발리 사람들의 안녕을 위하여 켜켜이 쌓아 올린 기도 소리가, 호수의 여신이 밤마다 부르는 노래에 섞여 검은 지붕 틈과 잘 다듬어진 정원 곳곳에 스며있는 듯했다. 이국인보다 인니 사람이 눈에 많이 띈다. 수학여행 온 아이들과 어울려 발리식 인사로 두 손 모으며 단체 사진으로 추억을 만들었다. 검은 물결이 출렁이는 사원은 안개를 배경으로 흐린 날의 신비로운 물의 노래를 나지막하게 들려주었다.

꽃식당이란 이름처럼 친절한 발리 아가씨

사원을 보고 돌아오는 길, 늦은 점심으로 롬복식 닭구이를 먹는다. 꽃식당 정원에는 빨갛게 익은 커피 체리와 갖가지 꽃과 연못이 있고, 그들만의 기도처도 보인다. 커피 체리를 처음 본다는 지성이에게 꽃식당의 친절한 아가씨는 잘 익은 커피 체리를 따다가 수줍게 내민다. 말보다는 마음이 통하는 순간이다. 지성이의 맑은 인생관을 들으며, 청춘은 미지의 생이 길다는 이유만으로도, 충분히 찬란하리라는 기대와 응원을 보냈다. 사진으로만 그리워했던 곳을 보고 돌아오는 여정은 오래된 친구에게서 받은 종이 편지처럼 기분 좋은 여운을 남겨준다.

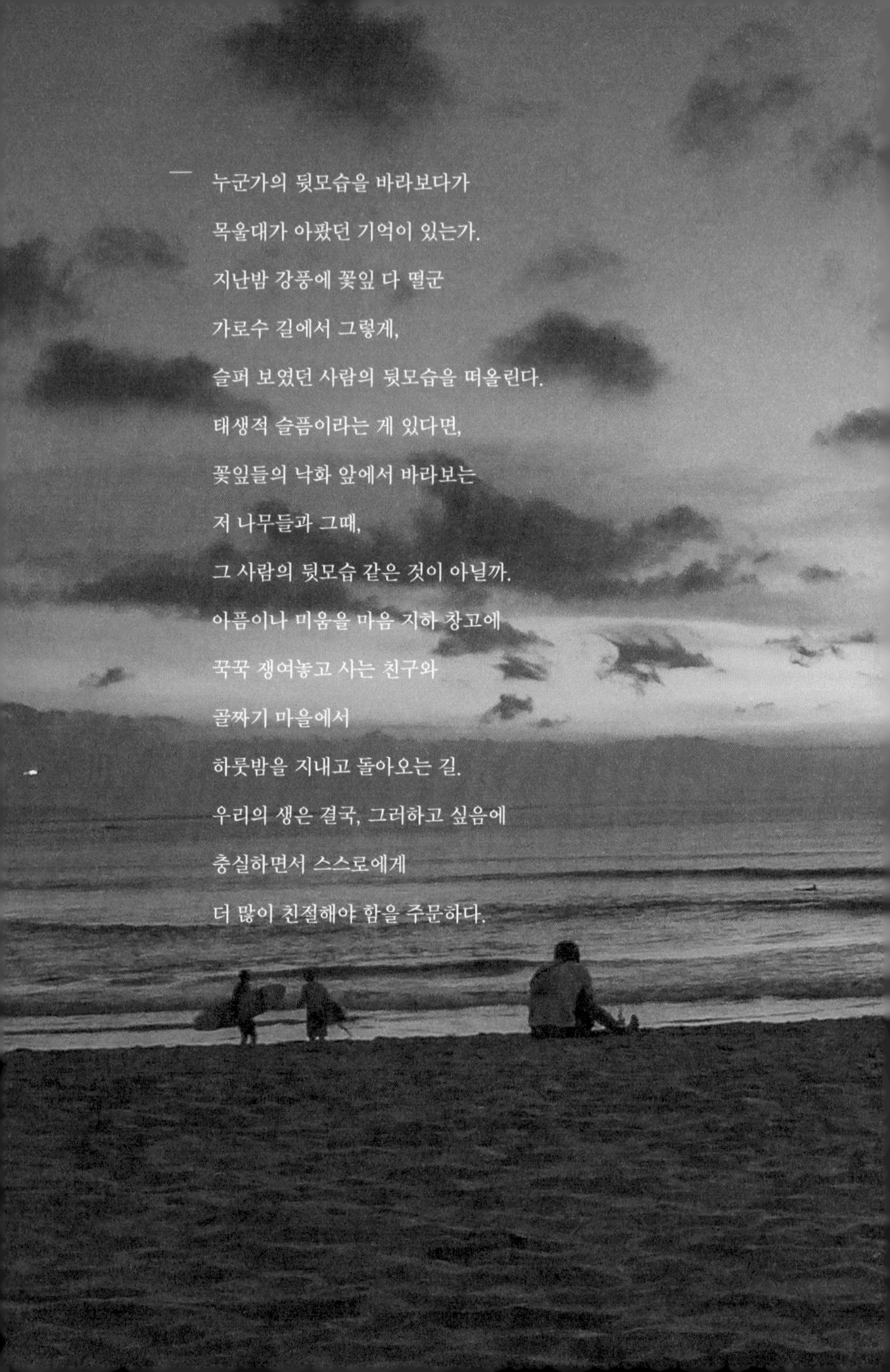

— 누군가의 뒷모습을 바라보다가

목울대가 아팠던 기억이 있는가.

지난밤 강풍에 꽃잎 다 떨군

가로수 길에서 그렇게,

슬퍼 보였던 사람의 뒷모습을 떠올린다.

태생적 슬픔이라는 게 있다면,

꽃잎들의 낙화 앞에서 바라보는

저 나무들과 그때,

그 사람의 뒷모습 같은 것이 아닐까.

아픔이나 미움을 마음 지하 창고에

꾹꾹 쟁여놓고 사는 친구와

골짜기 마을에서

하룻밤을 지내고 돌아오는 길.

우리의 생은 결국, 그러하고 싶음에

충실하면서 스스로에게

더 많이 친절해야 함을 주문하다.

—

망명자의 일기장

—

지루하지 않을 만큼의 묵직함

아프지 않을 만큼의 고통

기다려도 오지 않을 사람을

기다리는 마른장마의 날들

그 시절은

침울해서 좋았다

적도의 바람은 한결같이 포근했다

꽃들은 열흘에 또 열흘 지칠 줄 모르고

피어서 지는 날이 없었다

침울하지 않아서 슬픈 날들이었다

늙은 목선에서 들려주는 파도의 내력을 읽다

09_자카르타JAKARTA 특별주 순다끌라빠Sunda Klapa

— 인연 아닌 관계의 이별이 주는 편안함.

때로는 그렇게 담백하게

맞이하는 결별이라는 것도 있음을

인생 선배들에게서 듣게 될 때

고개가 끄덕여지는 시절이다.

사람으로부터 지쳐가는

못난 마음은 허허로움보다

더 불편함을 알게 된다는 것은

나쁘지 않은 변화다.

하양 감꽃 떨어진 자리에

초록을 키워가는 땡감의 하루하루.

개울 가운데 징검다리

건너편에서 손 흔들며

부르는 엄마가 있는,

놀이터의 아이들 웃음과 닮아있다.

잠시, 그렇게

항해를 멈춘
순다끌라빠 항구의 목선들.
손이 검은 이국의 남자도
밀림의 검은 숲에 대한 기억도
펄럭이는 블루피터의 몸짓도
백 년 동안의 잠에 빠진 듯
그대로 멈추다…

인니의 현재 대통령인 조꼬 위도도는 대통령 당선증을
이곳, 범선 위에서 받았다.
그는 목수의 아들… 지극히 인니스러운 모습의 그는
서민 대통령으로 불리고 있다.

오래전 순다라는 이름은

바타비아나 자카르타가 아닌

인니의 실질적 이름이었다고 한다.

새 대통령의 다짐이 느껴지는, 당선증 수여식의

장소였다는 생각이 든다.

자카르타에 살면서

자주 갔었던 장소 중의 한 곳.

그곳에 가면,

어딘가로 떠나거나 돌아오고 있는

사람들과 파도의

진한 냄새를 느낄 수 있어서 좋았다.

BINTANG
PILSENER
BINTANG
Pilsener
INTERNATIONAL QUALITY
BINTANG
Pilsener

—

낯선 도시에서의 길지 않은

시간이 자작나무 상자 속에

쌓여서 또 다른

이야기를 만들고 있다.

한 곳에 머물지 않지만

긴 울림으로 남아서 아주

가끔씩, 출렁이며 다가오는

저물녘 박물관의 종소리처럼…

낯선 곳에서의 순간들은

먼 훗날

보물 상자 속에서 지금의

나를 반갑게 호명하리라.

노랑과 주황 사이의 빛깔로

목이 가늘고 긴 원추리꽃.

고개를 끄덕끄덕

더위에 지친 여름의

한낮을 쓰다듬고 있다.

BAHARI 28

—

보들레르와 함께 포도주를 마시는 저녁

—

제목 없는 당신의 시를 신에게 바치는 기도처럼 읽고 있는 오후라오

인도양 물결무늬 흘러드는 순다해협에서 맞이하는 적도의 해질녘은 붉게 타오르다가 맹그로부나무 숲으로 천천히 가라앉고 있소

미처 살아내지 못한 생의 행간이 있다면 낯선 땅에서 보내는 긴 휴가 속에서 기꺼이, 다시 시작해 볼까 싶다오

시대를 앞서갔던 당신의 문장들은 검은 꽃병에 꽂혀 대문 없는 폐허의 사원에서 뜨거운 햇볕 받아 푸르게 푸르게 피어나고 있다오

당신이 각혈하듯이 쏟아내던 검붉은 꽃의 노래는 지금, 여기의 일만 칠천 개 섬 곳곳에서 핏빛과 분홍 더러는 황금빛 햇살 부스러기로 쓰러지며 먼바다 심해로 빠져들고 있소

권태와 우울과 불안의 나날이 창녀들의 춤과 노래와 죽음, 바다와 수부들과 부랑자들, 태양과 슬픔의 냄새와 뒤엉켜 당신이 남기고 간 시들의 묘지에서 오래된 돌담에 핀 이끼처럼 여전히 잘

자라고 있다오

이곳은 천둥과 번개와 함께 소낙비가 자주 내리는 곳이라오

처음엔 낯설던 천둥의 신 덴무도 건기인 지금은 기다려지기까지 한다오

당신을 처음 만났던 이십 대, 그 시절에는 그저 이별의 아픔에 젖어서 겨울밤을 지새우며 하얗게 울기만 했다오

나로부터의 혁명이 두려웠던 그때는, 당신이 품은 바다를 찾지도 볼 수도 없었음을 이제야 고백하고 싶소

다시, 바다가 지천인 이곳에서 만나는 당신은 내가 살고 싶은 외딴섬의 나날 속에 살고 있는 듯하여 마냥 부럽기만 하다오

당신이 건네주는 마지막 유리잔 안에 그득한 취기는 영혼을 저당 잡힌 유령의 입맞춤처럼 뜨겁고 달콤하오

당신의 시 '아름다운 배'에 나오는 포동포동 굵은 목과 퉁퉁한 그녀처럼 감미롭고 나른하고 느린 리듬을 타며, 조용조용 그러나 의기양양하게 난바다로 떠나고 싶소

훗날, 또다시 당신을 만나는 시절이 오면 당신의 하룻밤 애인이 되어 외딴섬 빈집에서 밤을 새우며 밤새도록 술잔을 나누다 아침을 맞이하고 싶다오

지금은 당신이 좋아하던 신전의 오래된 정원 작은 방, 녹슨 창문으로 스며드는 적도의 석양에 희미한 눈길 보내며 당신을 만날 어둠을 기다리고 있소

잃어버린 당신을 만난 광장의 하루

10_자카르타JAKARTA 특별주 카 프리 데이Car free day

— 빗속을 산책하다가 누군가

떨구고 간

빨강 우산집이 묶인

키 작은 나무를 보았다.

보이지 않는 누군가의 따뜻함을

느끼며…

꽃밭 앞에서 한참을 서성인다.

우산집의 빨강이 꽃처럼 예쁘다.

그 누군가의 모습이

왕 꽃송이가 되어

폭우 속에서도 빛난다.

나도 저런 장면처럼

그늘에서 누군가를 응원할 수 있다면

참, 좋겠다는 유쾌한 생각도 해 본다.

굵은 빗방울의 따스함이

몸과 마음으로 스미는 오후.

KECUALI
MOBIL BERPENUMPANG
3 ORANG ATAU LEBIH
MOBIL BERPENUMPANG UMUM

일요일의 자카르타 시내,
차 없는 시간

카 프리 데이Car Free Day는 아침 6시부터 11시다. 평일의 자카르타 시내는 '오토바이 반 자동차 반'이라는, 조금은 슬픈 뉘앙스의 한 문장으로 요약된다. 그러나 이 시간에는 자동차도 오토바이도 없다. 더불어 매연과 경적도 없다. 아주 가끔, 트랜스자카르타 버스만이 정해진 길로 간다. 자카르타에 살기 시작한 지 1년이 지나서야 처음으로 이 거리를 걷는다. 차창 밖으로 목 내밀어 보던 키 큰 동상과 거리의 풍경.

풀잎과 분홍 조개로 만든 여자 인형과 에드바르트 뭉크Edvard Munch의 〈절규〉 같은 화석이 박물관 뒤뜰을 지키고 있는 도시, 자카르타. 오래된 과거와 오래된 미래를 함께 볼 수 있는 인니의 수도. 수많은 종족과 그들만의 언어가 만들어낸 독특하고 신비로운 이야기들. 그 깊고도 푸른 사연은 낯선 나라의 한 사람으로 주목하고 싶은 기록들이다.

지금도 섬의 깊은 산 속에서 사람이 사는 마을이 인공위성으로 처음 발견되기도 하는 나라. 나라를 잃어버렸던 삼백오십 년, 아픈 과거는 또 다른 모습으로 그들만의 거울이 되어 내일로 가는 밝은 미래를 만들어 가고 있다.

스나얀 붕까르노 공원 앞 도로에서 걷기를 시작한다. 느리게 걷거나 가볍게 뛰고 있는 사람. 홀로 거나 함께인 사람들. 그들의 표정에서 느껴지는 여유가 도로 가운데에 잘 꾸며진 화단의 꽃들처럼 화사한 모습으로 다가온다.

평소에는 볼 수 없었던 거인 같은 인형 복장을 한 온델 온델을 만나는 순간은, 카 프리 데이가 주는 색다른 즐거움이다. 중국계 남자와 인니 여자의 결혼에서 생긴 버따위족의 상징이 된 온델온델. 특별한 장소에서만 볼 수 있는 그들의 모습은 가끔 보아도 친근함이 느껴진다.

차창 너머로 스치듯 보았던 수드리만 장군의 동상. 긴 코트 차림으로 강직한 모습을 한 장군이 무언으로 전하는, 그의 조국애가 이국인의 가슴에도 묵직한 울림으로 다가온다.
큰 빌딩의 유리창으로 구름 섞인 하늘과 오래된 캄보자꽃 나무들 그림자가 스며들어 자연의 선물을 보여 주기도 한다.

슬라맛 따당Selamat Datang

인니의 수도 자카르타의 중심이 되는 광장 한가운데. 소년과 소녀가 꽃다발을 든 채 이방인들을 반기는 모습의 키 큰 동상이 있다. 동상을 중심으로 분수가 켜져 있다. 수도를 대표하는 호텔과 몰 앞의 공터. 낯선 종족들의 이색적인 민속 공연이 펼쳐지고 먹거리를 비롯한 잡다한 눈요깃거리가 풍성하다.

분수대를 배경으로 눈길을 끄는 것 중의 하나는, 무덤 안 시신의 복장을 한 여자 귀신이다. 그녀와의 기념 촬영을 기다리는 사람들의 표정을 지켜보는 일도 일요일의 이 시간에만 느낄 수 있는 재미난 순간이다. 그 광장의 한가운데서 혼재된 듯 묘한 조화를 이루는 그들의 몸짓이 전하는 눈빛과 노래를 들으며 시간 여행을 떠나 보시라.

새롭게 다가오는 인니의 매력 속으로 우리의 걸음은 오랫동안 광장을 서성이게 되리라. 답답하던 당신 마음의 벽에 스며드는 따뜻한 위로의 바람을 느낄 수 있으리라. 광장의 한가운데서 느끼는 과거로의 여행. 그곳에선, 늘 누군가 웃어 주던 기억이 있다. 늦잠을 포기하고 선택하는 일요일의 카 프리 데이. 건기의 땡볕 더위

로 온몸이 땀에 젖어도, 늦잠을 못 잔 섭섭함을 훅 날려 보낼 만큼, 그 길에서 만났던 사람들의 뒷모습은 언제나 정겨웠다.
마음을 잃고 길을 잃은 날이면 당신과 나를 만나기 위해 그곳으로 가보라. 연애 시절, 그 달콤하고 쌉싸름했던 시절의 우리가 하늘의 구름 풍경으로 다가오리라. 일요일 아침의 광장 데이트에서 반복되는 일상의 권태로부터 새롭게 서로를 바라볼 수 있는 선물 같은 순간이 빨강 캄보자꽃으로 피어 반기리라.

자카르타에 가게 되면 꼭, 일요일의 그 거리를 다시, 걷고 싶다. 그 거리를 걷다가 만나는 온델온델과 여자 귀신에게 그동안의 안부를 물으며 따뜻한 악수도 청하리라. 슬라맛 따당 그들이 건네는 환영 인사에 이국의 여자는 환하게 웃게 되리라. 가끔은 시위대를 위한 공간이 되기도 하는 광장. 환영의 탑 위에 서 있는 동상의 그들은 자카르타의 양지와 음지를 오랫동안 지켜보았으리라.

Opel

—

빠르게 달리는 기차의 마음만

바쁜 휴가의 마지막 날.

두고 온 사람들과 떠나온 사람들

사이의 맑은 그리움이

모시 가리개가 되어 차창에서 흔들린다.

정원사의 손길이 닿지 않은

들판의 꽃밭에서 거닐던 며칠,

격식이란 틀을 벗어버린

발바닥이 들꽃처럼 가벼웠다.

제멋대로인 듯 보이지만,

자유롭게 제 자리를 차지한

그들만의 질서가 고왔다.

사람살이도 저들의 질서처럼

자연스럽게 지켜진다면

그 또한 정겹지 않은가…

—

먼 땅에서 오고 있는,

—

아무리 기다려도 오지 않는 겨울이 있는 도시

흰 눈의 계절을 살아보지 않은

나무의 생애는 외롭지 않고 명랑하다

사계가 없는 푸름 속에서 자란 나무들

성장촉진제를 맞은 키 큰 꽃과 같이

짧은 시간 안으로 긴 삶을 펼쳐놓는다

겨울 한가운데 일월과 이월 사이

식물원 제3 산책로 초입에서 만난

늙은 아소카나무 한그루

죽은 이들이 잠들고 싶어 하는 나무의

지붕은 둥글고 따뜻하다

주먹만 한 주황 램프꽃 조등처럼

주렁주렁 피어 빗속에서도 환하다

이파리 무성한 나뭇가지엔 공원지킴이

구렁이가족도 함께 지낸다

생애 처음 맞이하는 따뜻한 겨울 속 이국 여자

창고 방에 쌓아둔 하양을 찾는 일에 열중이다

우기의 한낮, 대서양을 넘어서
적도로 숨 가쁘게 달려온 귀한 햇살
지칠 줄 모르고 피고 지는 꽃잎들
족적을 환하게 비춘다

멀리 오면서 두고 온 먼 땅
얼음골의 함박눈 안부
폭설 같은 폭우 속 빗방울에
숨어서 이륙 중이다

외투 안 깊이 겨울 이야기 한 아름 품은 채
오고 있는 당신은 아직 도착하지 않았다

적막에서 자라는
슬픈 전설을 탁본하다

11_족자카르타 특별주 족자카르타 시 시뚜스 끄라똔 라뚜 보꼬
Situs Kraton Ratu Boko

— 스스로 만든 감옥에서

오래된 공원의

나무 지붕을 내려다보는 일로

하루가 오고 가는…

계절의 신 베르툼누스의 부재가

주는 낯섦에 조금씩 익숙해지던 그때.

거처에 살기 시작한 지

일 년이 넘어서야 발견한 모스크.

혼자만의 기도로 바라보던 비밀의 숲.

나무 지붕 저 너머로 숲속

모스크를 감싸던 우기의 안개.

흐린 숲에서 흘러나오던

아잔 소리.

그 시간처럼 골짜기의 한낮은

고요로 아늑하다.

더 이상 무언가를 욕망하는 일은

죄를 짓는 일.

기억을 불러오는 날이 많아진다.

거처의 뒷문으로 나서면

눈높이로 보이는 바위산들.

서울의 가을은 나무와 하늘의

사이를 노랗게 염색하느라 바쁘다.

저쪽에서 이쪽으로
따뜻한 바람이 오고 있다

인니로 긴 휴가를 떠난다고 했을 때, 연극공연 후 뒤풀이에서 누군가 그랬다. 그 나라에 수도 자카르타 말고 족자카르타라는 곳도 있다지요. 농담이지요? 설마 그런 도시가 있을까요? 아, 인니에 대해 아는 게 참 없었다. 아득하게 먼 나라로만 생각했던 인니. 자카르타에 살면서 비로소 숨겨진 보석처럼 발견한 족자카르타.

인니 역사와 종교여행의 중심지 족자카르타. 인니식 이름은 욕야카르타Yogyakarta인 이곳은 잠시, 인니의 수도였던 곳이다. 지금도 이슬람 왕인 술탄이 통치하는 도시. 아시아 1호 유네스코 세계문화유산이면서 세계 7대 불가사의 중 하나인 보로부두르 사원이 있는 곳이자, 더불어 동남아 최대 힌두교 사원인 찬디 로로종그랑(지역 이름을 따서 쁘람바난 사원으로도 불린다.)이 있는 도시다. 인니의 고흐로 불리는 아판디 박물관도 시내에 있다.

이 외에도 독특한 나무가 있는 정원의 믄듯 사원과 족자카르타 사람들만이 안다는 뿔라오산 사원 등 불교와 힌두교 사원이 곳곳에 숨어있다. 가톨릭의 성지로 불리는 소노도 보르부두르 사원 가는 길 깊은 산속에 있다.

비밀의 숲속에 비밀의 요새처럼 한 왕족의 역사를 그대로 감추고 있는 곳. 그곳에는 공주와 이국 남자의 사랑이 시와 편지로 남겨져 있다.

금지된 구역에 들어간 듯 묘한 매혹으로 발길을 붙잡던 그곳에서의 비 오는 하루는, 비밀문서를 훔친 도둑의 마음처럼 깊은 떨림이 있었다. 사진 찍는 걸 허용치 않던 유일한 장소이기도 했다. 카메라를 가지고 가지 않아 주변 풍경조차도 마음속에만 남아 있는 곳. 친절한 그대의 동행이 있었기에 알 수 있었던 곳. 지금도 그곳의 하루는 꿈속을 다녀온 듯 몽환적인 풍경으로 존재한다.

등등의 장소가 아니더라도, 족자카르타의 매력은 곳곳에서 만날 수 있다. 이미 여행자들에게 널리 알려져 멋진 사진들과 여행기로 소개된 족자카르타의 그곳들이 아닌 곳이 기억을 불러낸다.

CANDI UTAMA UTARA

염소들의
풀밭 식사를
빗소리 들으며
바라보는 시간

번듯한 문 하나 제대로 갖춰져 있지 않은 오래된 왕궁터. 누군가는 족자카르타를 일러 슬픈 왕족의 도시라고 했다. 그의 말대로 라뚜 보꼬는 슬픈 왕족의 전설이 있는 왕궁의 옛터다. 마을에서 숲으로 이어지는 길은 인적이 드물며 조용하다.

유명한 사원처럼 사람들이 많지 않다. 비탈길을 걷기 시작하자 비가 내린다. 왕궁이 있었다는 사실이 거짓말처럼 왕궁터는 허허벌판, 산속 높은 곳에 있다. 족자카르타 전경이 한눈에 들어온다. 그 시절, 왕궁은 백성의 마을에선 천상의 그곳처럼 신비로운 장소였으리라. 떠나지 못하는 바람의 무게로 쌓인 돌무더기들만 그 시절의 사연을 품은 듯 구석구석에 널려 있다.

키 작은 꽃들과 한가로이 풀을 뜯는 하얀 염소들. 설명이 필요치 않은 이름의 적요만이 들판에 끝없이 펼쳐져 있다. 풀밭의 끝자락에 위치한 돌담. 돌담 아래로 돌로 만들어진 공주들과 왕자들의 목욕탕이 있다. 하늘이 목욕탕 지붕이 된 지 오래다. 돌담에 다리를 길게 뻗고 앉아, 비를 타고 하늘로 이어진 상상의 세상을 오랫동안 만난다.

왕궁을 지키던 어린 병사들마저 행복했던 그 시절에는, 까르르 까르르 어린 공주와 왕자의 웃음소리 푸른 달빛 속으로 노래처럼 스몄으리라. 지금도 보름달이 뜨는 밤이면 지붕 없는 돌 목욕탕에선 둥 둥 둥 그때의 그 웃음소리들 별빛을 타고 와 한바탕 놀다가 돌아갈 것만 같이 목욕탕엔 물이 마르지 않는다고 한다. 아주 가끔, 목욕탕으로 홀연히 사라지는 사람이 있다는 소문이 구름처럼 떠돌기도 한다.

왕궁의 연못이 있던 자리의 돌계단. 그 아래 빈터에도 황금 신발과 꽃신 몇 켤레 비를 맞으며, 무덤가에 피는 하양 캄보자꽃으로 둥 둥 둥 떠 있는 듯… 쓸쓸한 것들 모두 불러내어 한바탕 씻김굿이라도 벌이고 싶었던 맘 간절했던 옛 왕궁터의 하루. 환상과 상상의 세상이 비 오는 옛 왕궁터에서 황금색 표지를 입힌 한 권의 책으로 제본 중이다.

H. AFFANDI

— 자카르타에서 온 짐을 다 풀지도

않은 채

다시, 인왕산 골짜기로 거처를 옮겼다.

떠나 온 곳에서 즐겼던 집 근처

미술관과 수목원 산책.

처음이었으나 오래된 친구 같은

몇몇 사람과의 만남.

고요와 음악과 커피만 있다면

그곳이 어디든, 여행자의 마음으로

춤추며 노래할 수 있으리라.

가득한 불규칙을

나만의 방식으로 앞세우고

자발적 방황을 유폐하기 좋은 계절.

긴 바지랑대를 타고 구름숲을

떠돌던 하얀 얼굴의 그림자.

꿈 없는 잠속으로 뚜벅뚜벅

걸어와서 깊은 잠 깨우는

아침의 날들이

지금 막 기차바위 마을에 도착했다.

하루

늦은 휴가를 받아 춘천행 기차를 탔다

옆자리에 앉은 여자에게서
이국의 꽃향기가 났었다는 걸 기억한다
골짜기로 접어들수록 깊어지는 그리움에
목울대가 젖어 올랐던 것도 기억한다

저물녘 소양강 가에는 청평사 행 뱃길을
놓쳐 버린 뱀 떼 돌더미 속에
똬리를 튼 채 엉켜 있기도 했다.
절 입구 당간지주 같은 키 큰 두 그루 소나무
구름에 섞여 스쳐 가기도 했다

가끔은 낯선 곳으로 스며들어 가 낯설게
나를 바라보는 것을 기꺼이 반겨야
한다는 생각도 잠시 했다

철 지난 감자 꽃 듬성듬성 핀 밭고랑 같은

야외무대 객석에서 소년들의 합창을
들었다, 노랫소리는 저녁놀을 따라 강
깊숙이 내려앉고 있었다
빈 배에 묘박 중이던 익숙한 슬픔
물수제비 뜬 물결 따라 잠시 흔들거렸다

등을 기댄 어깨 위로 석양이 느리게 지고 있었다

그늘과 햇살이
우주의 그물을 키우네

12_서부자바 주 반둥 시와 군 Jawa barat, Bandung

— 잘 익어가는 감빛 스카프를 두르고

느릿느릿 오래된 골목길을 걷는다.

노랑과 분홍 더러는,

하양 분꽃 씨앗들이

반짝이는 파랑 대문 앞을 지나서

키 큰 모과나무 사이로 늦게 핀

주홍 장미 한 송이를 쳐다본다.

좁은 층계를 따라 낯선 집

마당에서 만나는

향기 진한 국화꽃 무더기.

하양 대문 안 창문에서 단발머리

계집아이를 부르는 엄마와

깔깔거리는 친구들의 얼굴이

나팔꽃처럼 보이기도 한다.

휘어진 골목마다 유년의 기억들

졸졸 따라와 만국기처럼 펄럭인다.

하루하루가 아쉽고 간절한

십.일.월. 이라는 세 글자…

아껴먹는 수제 쿠키처럼

쉽사리 마침표를 찍을 수 없는 달.

헤어지기 싫은 애인을 보내던 그때의

— 애틋함만큼, 내게는 소중한 11월.

29층 테라스에 두고 온 키다리 선인장

안부가 첫눈에 실려 내게로 왔다.

아주 오래전 나의 저녁이 숲으로

가는 창문을 두드리는 목요일.

찰랑찰랑 물의 소식이 숲에서 칸타타로 흐르다

인니 제3의 도시. 교육과 예술의 도시. 더불어 흰 피부미인이 많은 도시. '반둥정신'을 가지고 있는 도시. 자바 섬 파리로 불리는 도시. 해발 700m 고원지대에 위치한 반둥은 사람 살기 좋은 환경 속에 있다.

인니에는 활화산이 진행되고 있는 곳이 많다. 자카르타에서 가장 가까운 곳이 반둥의 땅꾸반 뻐라후Tangkuban Perahu 활화산. 화산 활동이 일어나는 곳은 거의 고산지대이므로 기온 차가 심하다. 이 곳도 털모자와 털장갑 등의 겨울용품을 파는 상인들이 있다.

활화산을 뒤로 한 채, 꽤 많은 수고비와 가이드의 동행이 있어야만 가능한 숲속 걷기. 숲속은 큰 나무들로 한낮임에도 약간 어둡다. 독특한 문양의 나무와 거대한 고사리나무가 지천이다. 나무껍질을 벗기면, 그늘 바람과 낮은 햇살이 만들어낸 나무의 문양이 스스로 속살을 드러낸다. 그 문양이, 인니 전통복과 장신구 등등을 상징하는 바틱 문양의 기초가 된 듯 느껴껴진다.

검은 숲길을 내려와 만나는 펄펄 끓는 화산수. 그곳에서 처음으로 차도르(아랍어로는 아바야)를 쓴 아랍여인의 맨 얼굴을 보았다. 그 예쁜 모습은, 같은 여자에게도 흑장미처럼 매혹적이었다. 화산재로 느끼는 손, 발 마사지. 화산수로 익힌 달걀의 특별한 맛. 반둥의 맛과 멋을 느낀 시작.

안주인의 솜씨가 빛을 발하는 저택에서의 저녁. 별이 선명한 서늘함 속에서 마시는 와인과 유쾌한 수다. 인니 풍으로 꾸며진 공간에는 요정의 나라로 꾸민 안주인의 미니어처 작품들이 눈길을 끌었다. 오랜 이국 생활에도 우리네 정서를 그대로 지닌 가족의 단란함이 좋았던 반둥의 첫날 밤.

예술,
예술이란 이름의 명작들

인니가 사랑하는 조각가 뇨만 누아르따Nyoman Nuarta. 자카르타에 살면서 그의 조각을 여러 곳에서 보았다. 가장 인상적이었던 건 국립박물관 광장을 차지한 지구 형태의 역동적인 조각. 천천히 궤도를 따라 만들어진 인물상은 그들의 자아가 조각 안에서 함께 흐르고 있는 느낌이 들었다.

살고 있던 집 앞, 스나얀 붕까르노 공원은 주말마다 수많은 행사로 북새통을 이룬다. 어느 주말에 있었던 미술전시에서 인상 깊게 본 작품들의 화가나 조각가들의 작업실이 대부분 반둥이라 해서 놀랐던 적이 있다.

뇨만 누아르따의 작업실과 조각공원은 반둥의 대표 장소로 꼽힌다. 오래된 숲속에 자연스럽게 자리한 조각들. 철이라는 난감한 소재로 만들어진 대형 작품들. 하늘로 날아오르는 청동물고기들. 사람나무로 형상화되고 실루엣이 살아 있는 누운 여인의 모습. 천천히 걸으며 맘껏 누릴 수 없어 아쉬웠다.

따뜻한 사람의 친절한 배려로 이루어진 근사한 아트호텔에서의 하룻밤. 예술작품의 훼손을 막기 위해 어린아이들의 숙박을 통제하는 야속함에도 고개가 끄덕여질 수밖에 없었다. 화사한 수국들과 촛불로 조명을 밝힌 로비의 저녁. 작은 궁전에 숨어든 공주처럼 함께하는 사람을 왕자님으로 둔갑시키는 신선한 끌림의 호텔.

객실과 복도와 층계와 로비 정원까지 배치된 작품들. 한국을 조금 알고 있다는 오너와의 모닝커피 타임. 길 건너에 위치한 그의 저택은 집안 대대로 물려받은 보물들로 꾸며져 있다. 갤러리를 겸하면서 큐레이터도 두고 있다. 타인들과 함께 공유하며 여유를 즐기는 노신사의 너른 품이 그대로 예술이었다.

잠깐의 일본 점령기 때, 만들어진 무기창고였던 동굴이 남아 있는 또 다른 반둥의 그늘. 과거는 역사의 페이지 속에서 아픔을 넘어 다짐으로 이어지듯, 동굴의 관광화로 그들만의 살아있는 역사를 알리는 배움의 장소이기도 하다. 다시, 반둥을 보러 갈 날이 머지않았다는 예감.

— 이제, 내가 세상을 보는 눈은

밖으로 향하지 않는다.

보이지 않던 안으로 침잠하는 눈빛은

정적을 닮아간다.

시보다 단편소설 읽는 재미에 푹 빠져 있다.

낮은 목소리로 이야기하듯이 들려주는

문장들이 느리게

피돌기 속으로 스며든다.

속도보다, 느림에 집중하는 습관이

조금씩 생겨나고 있다.

누군가는 우울을 키우는 일이라며 염려한다.

그 염려마저도 침잠 속으로 즐겁게

데려오는 연습을 한다.

어쩌면, 오래전부터 해오던 습관이

촘촘하게 쪼갠 5막이란 시절 안에서

다시, 꿈틀거린다는 생각이 든다.

지금 이 글을 만지고 있는 곳은

내가 살고 있는 마을의

카페 '목련의 하루' 다.

가을 초입에 함께 했던 사람의 맑은

웃음이 창밖 감나무 이파리에서

팔랑팔랑 하늘냄새를 보낸다.

한 번도 먹어 본 적 없는

저 먼 나라 단풍시럽과 진흙 파이가 생각나는 11월.

—

11월

—

아직은 춥지 않은 하루하루입니다
나뭇잎들은 서둘러 가을을 떠나고 싶어 하지만
단풍은 쉽사리 이별선언을 하지 못합니다
오래된 습관처럼 십일월 마지막 주에는
안개를 찾아 숲으로 숲으로 늦은 휴가를 떠납니다
몇 장 남은 단풍과 수북하게 쌓인
단풍의 낙화에 발목을 담그고 서서
한 해의 궤적을 낙엽 더미에 차곡차곡 묻습니다
나만이 아는 신전 돌층계를 지나 이끼 낀 돌기둥에
이르면 일 년에 한 번 내가 내게 주는
가장 경건한 선물의 시간을 제단 위에 펼칩니다
참, 잘 · 살 · 아 · 왔 · 다.
서늘한 바람은 느리게 먼 그곳에서 단풍 파이 향기를 실어옵니다
긴 스웨터 끝자락 조금씩 스며드는 햇볕 공양을 받습니다
홀로 치른 의식의 제단 위로 노랑노랑 안개에 젖은
자작나무 잎사귀들이 쌓입니다
말없이 지켜보는 사람의 어깨가 넓게 부푼 하루입니다
십일월 안개를 따라온 자작나무 깊은 숲길 끝

안개 무리 속에 키 큰 따뜻함 새겨진 흰 그림자

두 팔 벌려 우리를 반겨줍니다

그림자 손을 잡은 채 가만히 십·일·월이라고 속삭입니다

신들의 거처에서 들려오는 오래된 불의 노래

13_동부 자와티무르Jawa Timur 브로모 화산Gunung Api Bromo

— 오랜만에 긴 여행 준비를 한다.

새로운 필기구와 가벼운

종이 일기장을 사고

카메라를 점검하며

환하게 웃고 있는

당신의 사진을 챙긴다.

표지가 닳아가는 시집

몇 권은 여행 중에

만나는 그들에게 주고 올 것이다.

좋아하는 에릭사티와 보들레르의

옹플뢰르에서

사과꽃 향기 그득한 칼바도스를

당신과 함께 마실

상상만으로도 비행기의 오른쪽 날개는

말랑말랑 달콤달콤함으로 빛날 것이다.

큰 가방을 열어둔 채

공항 대기실을 서성이는 마음도

가방 안쪽에 잠시, 접어둔다.

온기와 서늘함의 행간,
칼데라로 가다

인니의 '토바 호수와 브로모 화산을 만나고 나면 시집 두 권은 너끈히 묶을 수 있을 거야' 당신이 전해준 그 말이 우리의 겨울 즈음에 생각났다. 스스로에게 다짐과 맹세를 선언하기 좋은 새해가 함께하는 겨울.

생애 처음 맞이하는 따뜻한 겨울. 오랫동안 온몸에 새겨진 겨울 유전자는 자연스럽게 백색 계절을 그립게 했다. 겨울 그림과 영화와 노래와 시와 소설을, 집 앞 공원 울창한 숲에 무겁게 쏟아지는 폭우도 폭설처럼 느껴졌다. 온통 하양만을 찾는 일에 열중했다.

인니에서 일출이 가장 아름답다고 알려진 곳. 그 귀한 일출을 보기도 쉽지 않은 곳. 불의 신이 살고 있다는 활화산에 얽힌 전설. 해발 2,329m에 위치한 원추형 활화산. 일 년 내내 분화구에서 가스분출과 수증기를 내뿜으며 자주, 사람들의 접근을 통제하는 곳.

열대 나라인 인니에서 강한 추위를 느낄 수 있다는 말도 겨울을 그리워하던 내게는 유혹적으로 다가왔다. 포근한 겨울이 주는 낯

삶 속에서 창고 방에 쌓여 있는 상자를 뒤져 겨울옷과 신발을 꺼냈다.

라벤더 꽃다발에 띄워 보낸
'야드냐 카사다' 경건한 의식

자카르타 출발 후 밤 11시에 도착한 수라바야 공항. 신축한 지 오래지 않은 공항은 넓고 깨끗하다. 공항 내 매점에는 한국산 물건들이 눈에 띄어 반가웠다. 예약된 차와 기사는 미리 와 있었다. 캄캄한 어둠 속에서 구불구불한 산길을 달려, 새벽 1시쯤 화산으로 가는 마을에 도착했다. 겨울옷과 신발로 무장해도 강한 추위가 느껴졌다. 모자와 장갑을 구입하고, 잠시 쪽잠을 잤다. 일출 장소까지는 지프로 간다. 새벽 4시에 일출 전망대 아래 도착하니 미리 와 있는 사람들로 북적인다. 한기와 허기를 인니 라면과 블랙커피로 달랬다.

전망대는 낮은 동산 같았다. 추위에도 키 작은 나무엔 단풍이 들고 빨강 꽃도 피어있었다. 새벽 5시 30분 기다리던 태양이 서서히 모습을 드러내자 사람들의 환호와 카메라 셔터 터지는 소리가 활화산과 사화산에 울려 퍼진다.

이곳 마을 주민들은 저 화산들을 신들의 거처로 여긴다는데, 일출 시간에 들리는 사람들의 소리가 신들에겐 지상에서 들려주는 아름다운 노래이기를. 그 순간에 찍힌 사진 속 모습에는 복잡한 기도가 스며있는 듯 경건함마저 느껴진다. 전망대에서 먼 듯 가깝게 보이는 칼데라 주변은 오래전 사북에서 보았던 검은 물의 흔적이 쌓여서 만들어진 마른 고랑처럼 보인다.

이번엔 오토바이를 타고 화산 아래 도착하여 다시, 말을 타고 브로모 화산으로 간다. 길게 이어진 계단으로 가기 전에 진보라 라벤더 꽃다발을 산다. 계단을 오르면서 보는 오른쪽 사화산 바톡의 고랑에는 키 작은 나무와 풀들이 자라고 있다. 활화산과 사화산의 공존은 신들의 활동과 휴식의 공간으로 나누어졌으리라는 따뜻한 상상을 하며 하얀 수증기를 뿜어내는 브로모와 마주한다. 두려움을 느끼면서도 더 가까이 분화구를 향하여 낮은 목소리로 소원을 담아서 라벤더 꽃다발을 힘껏 던진다. 전설 속의 조코 세거 왕과 로로 안텡 왕비와 그들의 공주와 왕자에게 바치는 마음도 함께…

빛과 그늘의 양면성을 지닌 화산재. 화산 분화 직후에는 황산 같은 해로운 산성 물질이 많다. 그 후 토양을 재생시키는 모든 종류의 요소와 영양분으로 땅을 비옥하게 한다. 생명의 위험마저 감수하면서 화산 근처에 살고 있는 사람들의 마음이 이해되는 부분이다. 계단을 내려와 말타기를 접고 천천히 걷는다. 광활한 사막을 연상시키는 화산 주변.

유일한 공간은 힌두교 사원이다. 인간의 접근을 거부하는 듯. 멀리서 보면 신들의 처소만이 있을 것처럼 신비롭게 느껴진다. 화산재로 다져진 주변 땅은 지프를 타고 돌아본다. 종교적 공간 외엔 돌과 나무와 풀만 있어 거대한 신들의 정원처럼 평화로움만이 가득하다. 번잡한 세상으로부터 고립을 꿈꾸고 있다면 거기로부터 떠나오시라, 여기 신들의 영역에서 찾게 되는 안식을 맘껏 누리시라.

신들의 정원에서 온몸으로 얻은 휴식을 안고 새벽에 도착한 마을을 한낮에 다시 왔다. 어둠 속에서 볼 수 없었던 마을 풍경이 예쁘다. 큰 식당 마당에는 브로모 화산을 배경으로 어울리는 빨강 지

프를 비롯한 소품들이 놓여있다. 인니의 다른 도시에선 잘 볼 수 없었던 노랑 엔젤트럼펫도 지천으로 피어있다. 천사의 나팔과 신들의 거처가 잘 어울리는 마을이다. 늦은 점심을 먹은 후 구불구불한 산길을 내려간다. 밤길에서는 볼 수 없었던, 창밖으로 보이는 산비탈의 농작물들과 농부들의 모습이 철없는 이국 여자에겐 멋진 그림으로 다가온다.

인니 제2의 도시 수라바야로 돌아가는 길. 쪽잠으로 달랜 긴 하루는 낮잠에도 쏟아지는 잠 덕분에 예정된 일정을 쉽게 포기하게 한다. 인니 여행 중 가장 기억에 남는 식사는 수라바야에서 묵은 호텔의 아침이다. 온갖 종류의 풍성한 채소와 다양한 삼발 소스를 즐길 수 있었던 시간은, 다른 일정을 포기한 아쉬움도 달랠 정도로 훌륭했다. 수라바야의 추억은 깨끗한 공항과 정갈한 호텔식이 전부였지만, 여백이 많은 짧은 시 한 편처럼 남아있다. 더불어 브로모 화산의 긴 여운은 잘 만들어진 단편영화 한 편이다.

— 심장을 향해서 자라나는 새의 부리가 있단다.

부리가 길어질수록 심장을 향한

몸짓은 빨라지고,

마침내는 그 부리에 심장이

찔려 생을 마감하게 된다는

아프리카에 실존하는 새의 이야기.

사람의 끝없는 욕망에 비유되는 상징의 새.

영혼이 맑지 못한 이들에게

조용하지만 강하게

던져주는 메시지가 있다.

사람으로부터 받은 상실감에 빠진 이들이

들려주던 새 이야기가 떠올랐던 며칠…

긴 여행에서 돌아와 들려준 이국 이야기를

화가 친구는 그림으로

작가 친구는 소설 안 문장으로

후배 시인은 시로 풀었다고 한다.

무심한 말의 껍질들이

고요 안에서 환하게 깊어지는 일.

아무것도 아닌 내가 당신 곁에서

천천히 깊어지는 까닭과 닮아있다.

—

물결에 관한 보고서

—

칠월 장맛비, 시퍼런 초록 골짜기를

흘러나오는 오래된 옛집

나보다 먼저 죽어간 이들의 저녁을 위하여

슬며시 문고리를 열어둔다

저물녘 강둑에 스며든 적막감이 한기로

다가와 스멀스멀

경전 속 숨은 비밀이 되어

방안 가득 똬리를 튼다

주술에 걸린 듯 배롱나무 꽃잎들

조용히 떨어져 어둠의 두터운 안부를

빗길 위에 떠내려 보낸다

검은 물기둥 궁전이 있는 사북, 뭉텅뭉텅

킬링필드의 목 잘린 해골처럼 쌓여서

산맥을 이루는 폐석탄 잔해들

굳은 능선의 부르튼 틈새마다엔

붉디붉은 물결의 시간이 깊은 주름으로

흐르다, 꽉 다문 막장 문 입구에서

녹슨 눈물의 뿌리로 환생하기도 한다

막장으로 가는 마지막 길

숨이 긴 여름 햇살, 제 몸 서랍 속 비늘

모두 털어내어

새벽으로 가는 길을 열고 있다

끝과 시작 사이에서
만나는
작은 섬의 기억들

14_누사 뗑가라 제도Nusa Tenggara 롬복 섬 Lombok

— 가끔, 슬픈 음악이 가슴 속으로 쿵 하고

스며들 때… 누군가 나를 지켜보고 있구나

그래서 내게 저런 음악을 보내고 있나 보다

그런 마음이 생기는 건 나만 느끼는 걸까?

책을 읽다가도 가슴 속으로 쿵 하고

젖어 드는… 문장을 만날 때 누군가

오래전에 내 곁에 머물다 갔나보다

기억하지 못해서 더 반갑구나

이런 실없는 생각은 나만 하는 건가?

더 이상 신을 찾거나

더 이상 울 곳을 찾거나

더 이상 사랑을 찾는 일이 없어진다는 건

큰 바위가 되어가는 일…

통증을 느낄 수 없는 아픔이 목련의 낙화처럼

처연하다고 말하는 너만은 행복하거라…

동그라미 없는 달력의 하루처럼

기우뚱한 햇볕에서 우두커니 즐기기 좋은 나날.

시골 마을에서 보낸 긴 하룻밤

자카르타에 정착한 지 얼마 지나지 않아 받은 긴 편지 한 통. 구 년 전부터 롬복 섬에 살기 시작한 지인의 안부였다. 롬복 섬은 그렇게 내게 이름을 알려왔다. 자카르타에 산 지 1년이 지나서야 찾은 섬. 적도와 남회귀선 사이에 위치하며 한국과 자카르타와의 시차는 1시간이다. 발리 섬에서 비행기로 40분, 바닷길로 4시간이 걸린다.

롬복의 어원은 산스크리트어의 '끝이 없는 길'에서 유래 되었다 한다. 현지어로 롬복은 '고추'를 뜻한다. 인니의 많은 섬이 종족 고유의 언어와 인도네시아 공용어를 사용한다. 롬복도 일반적으로 고유의 사삭어를 많이 사용한다. 세계 등산가의 사랑을 받는 3,742m의 린자니 산으로 유명한 섬. 17세기 무렵엔 발리의 영향 아래 있었다. 남부에는 사삭 민속 마을이 있다. 실제 사람들이 살면서 예전 생활 방식을 보여준다.

일행과 함께 섬에서 새로운 삶을 시작한 지인의 집으로 갔다. 꾸낭이란 정겨운 이름을 지닌 작은 시골 마을. 지인이 현지인 아내를 위해 지었다는 집 마당은 큰 연못이 정원을 이루고 있다. 사삭족인 지인의 처가 친척들이 주위에 많이 살고 있다. 마을의 특징은 모계 중심의 가족 문화와 공동체 삶이 지금까지도 잘 이어지고 있다는 것.

뒷집에 살고 있는 장모님의 솜씨가 빛나는 현지 음식으로 푸짐한 식사를 했다. 저녁이 되자 낮에 잠깐 보았던 아이들이 지인의 테라스에 모였다. 스마트폰으로 한국 아이돌의 음악을 틀고 춤을 추기 시작했다. 지인이 기타를 치고 우리도 함께 노래를 부른다. 늦은 밤까지 춤과 노래가 이어졌다.

마을의 아침 공기는 상쾌하다. 아침 식사 전에 롬복식 모닝커피를 마신다. 볶은 곡물에 코코넛 껍데기로 지핀 불로 두꺼운 무쇠에 볶은 커피를 갈아 넣은 커피는, 식전의 허기를 달래준다. 자카르타에 와서도 한동안 롬복 커피를 즐겨 마셨다. 가끔, 그때의 풍경과 중독성 강한 롬복 커피가 생각난다.

지인의 예쁜 아내와 함께 산책에 나섰다. 마을 안쪽의 집들은 옛 방식으로 지어져 있다. 마당에 화장실이 있고 방목된 닭들과 새들이 아무렇지 않게 사람들과 어울려 동화 속 풍경처럼 느껴졌다. 풍족하진 않지만 여유롭게 살아가는 사람들. 마을의 주 생산품 중 하나인, 순박한 담배 꽃처럼 고와 보였다. 호텔에서 보낸 며칠보다 마음에 오래 남아 있는 현지 마을에서의 하룻밤이었다.

문짝 마을과 물의 궁전
그리고 모든 신의 사원

인니를 떠나온 지 일 년 반 후에 다시 찾은 섬. 예전에 가지 않았던 곳으로 일정을 시작한다. 함께 하는 이들도 섬에서 만나는 사람들도 이전과 다르다. 섬에 정착한 한국인 친구의 현지 친구들과 함께 하는 일정이다. 친구의 소개로 숨바와 섬 출신 친구 집에 가기 위해 숙소에서 50분쯤 떨어진 문짝 마을로 향한다.

큰 대문 안, 세 채의 집에 4대가 살고 있다. 독실한 무슬림 가족으로 형제자매들이 모두 예술적 소질이 있다. 숨바와 섬 사람들의 교육열은 대단해서 오래전부터 여자들도 대학교육을 시킨다고 했다. 집을 끼고 있는 넓은 호수에서 배를 띄우고 물고기를 잡기도 한다. 미모와 솜씨가 좋은 현지인 친구가 숨바와식 특별 요리로 준비한 풍성한 점심을 먹는다. 귀한 손님이 올 때 준비한다는 바나나 순 요리도 독특하면서 맛있다. 친절하고 맑은 사람들의 따뜻한 초대는 오래도록 생각날 것이다.

아쉬움을 접고 현지인 친구들과 따만 나르마다Taman Narmada로 간다. 물의 궁전과 힌두사원이 있다. 이 공원 전체의 모습은 생명의 원천이라 믿었던 린자니 산의 모습을 닮았다고 한다. 물의 궁전은 상징적인 이름이다. 큰 야외 수영장 느낌의 연못인 물의 궁전을 사이에 두고 왕이 궁전을 조망하는 정자식의 집이, 맞은편 언덕 위엔 힌두사원이 있다. 발리의 왕들이 건기 때면 기우제와 피서를 왔던 곳. 정자식 집의 구조는 긴 마루를 중간에 두고 양쪽과 지하에 방을 두고 있다.

왕이 머무는 동안은 매일 궁전에서는 소녀들을 목욕하게 했다. 왕은 전망대에 앉아 그날 밤, 침수 들 두 명의 소녀를 택한다. 왕의 선택을 받지 못한 소녀들은 감옥으로 불리는 지하 방에 머문다. 친구의 통역이 오역이었는지, 두 방의 하나는 왕비가 사용했다고 해서 일행들은 놀라운 웃음을 지었던 기억이 있다. 물의 궁전을 사이에 두고 왕의 처소와 같은 높이에 힌두사원이 있다. 신과 왕의 지위가 동등하다는 착각으로 살아있는 신으로 행세한 왕의 절대 권력이 가능했음에 씁쓸한 느낌이 드는 건 혼자만의 생각일까.

인니의 섬 어디에서도 볼 수 없었던 모든 신을 모신 '뿌라 링사르'로 간다. 서부 리센시의 나르마다 지역 마을에 위치하고 있다. 롬복에

서 가장 신성한 사원으로 알려진 곳이다. 발리 힌두교와 이슬람교와 신비주의적인 전통 종교 웩뚜 뗼루의 추종자였던 사삭 주민들에 의해 만들어졌다 전해진다. 린자니산 신들을 위한 기도처와 롬복 신들을 위한 아궁산을 향한 기도처 그리고 롬복과 발리 두 섬의 연합을 의미하는 두 개의 기도처가 있다. 다양한 종족과 종교를 수용하는 가장 인니스러운 공동기도회가 이곳에서 열린다.

사원 입장 시에는 모든 종교에 대한 존중의 표시로 노랑띠를 허리에 두른다. 사원 연꽃 연못 안의 신성한 물고기인 뱀장어를 보게 되면 재물과 행운이 온다 하여, 삶은 달걀을 던져서 물고기를 유혹하게 한다는 비슈누의 신화가 전해지기도 한다. 소원을 빌며 동

전을 던지는 사람들의 모습이 더 많이 눈에 띄었다. 네 개의 사원 중 젤 높은 곳에서 힌두교인들이 성대한 의식을 치루고 있었다. 롬복의 종교는 이슬람교가 90%를 차지한다. 당연히 모스크가 훨씬 많다. 오래된 몇 몇 힌두 사원은 독특하고 묘한 분위기가 역사와 전설이 어우러져 신비로운 모습으로 다가왔다.

기도하고 사랑하고
꿈꾸고 싶은
섬 안의 작은 섬

섬에서 섬으로 가는 길은 또 다른 설렘을 준다. 처음 롬복에 갔을 때는 근처 섬 중 가장 큰 섬으로 알려진 길리 뜨라앙완에서 1박 2일을 지냈다. 길리는 섬이라는 뜻이다. 바닷물이 맑고 깨끗하다. 스노쿨링을 하면서 바닷 속 풍경을 볼 수 있다. 우리도 스노쿨링을 즐겼다. 바다와 인접한 식당에서 정통피자를 착한 가격에 맛 볼 수도 있고, 섬이 커서 말을 타고 돌아보는 재미도 있다. 일몰 시간에 가졌던 홀로의 기도는 오랫동안 마음 창고에서 안식을 주고 있다. 섬의 쇼핑 샵에서 샀던 독특한 모양의 팔찌 두개도 섬의 기억을 불러와서 기분 좋은 순간들을 선물한다. 최근 모방송국에서 이 섬에서 연예인들이 식당을 운영하는 프로그램을 진행하면서 유명세를 타기 시작했다. 얼마 후에 인천공항에서 롬복섬 직항도 생긴다니, 추억을 찾아 자주 갈 수 있으리라… 기대감에 설렌다.

이번엔 함께 하는 친구와 현지인 친구들이 강력 추천하는 섬. 티브이도 없고 인터넷도 안 되며, 에어컨 시설이 되는 방도 서너 개만 있는, 현지인들이 하루를 즐기러 가는 섬이다. 온전한 몰입과 고립을 꿈꿀 수 있는 섬이 되리라는 상상만으로도 밤은 느리게 흘렀다.

숙소에서 40분쯤 달려 선착장으로 가는 작은 마을 초입. 인니에 살면서 그토록 보고 싶었던 울창한 맹그로브 숲을 만났다. 현지인들은 늘 보았던 울창한 숲이 내겐 처음 만난 풍경.

맹그로브를 알면서부터 시작된 맹목적인 애정. 나무의 가치와 상관없이 예쁜 이름과 도톰한 초록 잎사귀가 풍성한 나무가 물속에서 꿋꿋하게 살아간다는 것만으로 좋아하게 된 나무.

내가 환호성을 지르자 차는 자연스레 멈췄다. 일행들은 그저 동그란 눈으로 흥분한 나를 지켜보며, 맘껏 감탄하며 사진 찍게 내버려 두었다. 큰 선물을 한꺼번에 받는 기분이 딱, 이렇겠다. 무언가를 간절하게 소원하면 이루어진다는 것을 이 숲 앞에서 만나게 되다니, 남은 생을 두고 가끔 이 순간을 떠올리며 슬며시 미소 짓게 되리라.

알려진 섬들과 달리 선착장은 작고 조용하다. 해산물로 든든한 아침을 먹고 저녁용 생선구이와 밥을 챙긴다. 작은 배에 승선 후 15분만에 섬 도착. 바다 가까이에 위치한 방갈로 호텔은 깔끔하다. 일행은 무인도로 떠나고, 홀로 남아 작은 섬의 정적을 즐긴다. 무인도에서 돌아온 일행과 섬 산책에 나선다. 방풍림으로 자라는 판단나무들을 감싼 죽은 산호들은 멀리서 보면 돌멩이들처럼 보인다.

모래와 자갈이 섞인 바닷길을 따라 걷다 보면 작은 동굴과 한 나무에 핀 모양과 색깔이 다른 꽃들도 만난다. 집 없는 개들도 보이고, 작은 모스크도 있다. 천국의 정원 하나를 옮겨 놓은 것처럼 아기자기하다. 고추골뱅이를 따서 삶아 빈땅 맥주의 안주에 곁들이고 인니 음악과 유쾌한 수다로 작은 섬의 밤이 깊어간다. 함께이면서 홀로를 즐길 수 있었던 건 함께한 이들의 각별한 배려 덕분이었다.

여행지에서의 아침은 빠르게 시작된다. 식당에서 간단하게 아침을 먹고 어제 못 본 섬 산책에 나선다. 바다 바로 앞 호텔은 갯메꽃 넝쿨과 주홍 열매를 단 키 큰 판단나무들이 즐비하다. 자카르타의 안쫄 바다나 수마트라 섬 크루이 비치에서 만난 방풍림은 큰 잎사귀가 빨갛게 단풍드는 우산나무 포혼파융이었다. 무언가에 빠짐 증상이 있는 나의 취향은 나무에서 그 정점을 이룬다. 인니에서 생애 처음 만나는 나무들의 이름을 알아가는 일도 내겐 소중하고 의미 있는 순간이었다.

무언가를 마무리하거나 다시, 시작하기 좋은 섬. 19금이나 0금의 해석이 분분한 짧은 시 두 편을 낳은 섬. 길리낭구는 그렇게, 기도와 사랑을 부르는 섬이다.

— 여행자들의 느낌은 제각각이다.

내게 여행은 엉킨 생각들을

풀어내는 시간을 선물한다.

약간의 긴장과 자극이

필요할 때도 여행을 준비한다.

돌아오면 아득했던 그 순간들이

주었던 영혼의

자유로움으로 하루하루가

고맙고 소중하게 다가온다.

사람이나 사물을 배경으로

존재하는 모든 것을

그리워하는 일로만

나이 듦을 준비하는 일…

여백이 많은 그림을 걸어 두고 매일

한 번씩 보는 일처럼 소소한 기쁨을 주리라.

—

길리낭구

—

이국

남자

와

나흘

동안

온전히

서로를

파먹고

싶은

섬

—

다시, 길리낭구

—

오로지

당신만을 향하여

무릎이 닳도록

기도하고

또

기도하리라

생애 처음

무릎 꿇고

신 앞에 다짐하는

내 영혼의 섬

길고 긴 시간의
검은 숲에서
우리는 환했네

15_수마트라 섬 최남단

람뿡 주Sumatra Lampung

— 봄부터 새벽 산책길에

찍기 시작한 빈집.

밤새 빈집을 다녀간 총총걸음

노랑 대문을 점령했던

앙상한 나팔꽃 줄기에 무더기로 묻어있다.

여름 땡볕에도 끊임없이

환생을 반복하는

온전한 몰입을, 늦은 가을까지

지켜보며 예쁜 욕망이라는 것도

존재함에 함께 즐거웠다.

조용한 기다림은

외로움을 견디게 하고

쓸쓸함마저도 기꺼이 즐기게 한다.

기억을 재구성하며

슬프거나 기쁘지만은 않은

그 너머의 또 다른

기도를 선물 받기도 한다.

마침내, 드디어, 기어이,
떠나다

인니 지도를 펼쳐 놓으면 길쭉한 나라라는 생각이 든다. 살고 있는 자바 섬의 3배가 넘는 수마트라 섬. 세계에서 여섯 번째로 큰 섬. 섬 대부분이 열대우림으로 덮여 있다. 천 년 전부터 검은 후추의 원산지로 주목받았다. 인니에서 두 번째 인구가 많은 곳. 오래전 서구열강들의 교통 요충지 역할을 했다. 동남아시아에서 가장 넓은 또바 호수가 있으며, 인니 커피의 최대 생산지다. 섬 북단 아체에서 남단 람풍 연결고속도로가 2025년을 완공 목표로 진행 중이다. 장기적으로 아시아 하이웨이 네트워크와도 연결된다니, 기대가 크다.

오래전부터, 바람의 신들이 나무를 키우고 지진이라는 죽음의 신이 공존하는 그 섬. 인니에서 오래 살고 있는 친구는 우리나라에 수마트라 섬을 옮겨왔으면 좋겠다 했다. 세계 최대 군도의 나라에서도 가장 큰 인니의 수마트라 섬.

이제, 마음은 그해 여름 안으로 떠난다. 왕복 기차로 다녀온 족자카르타 여행을 제외하고 인니의 모든 여행은 대부분 비행기를 이용했다. 아주 오랜만에 떠나는 가족여행. 수마트라 섬은 기사와 함께 승용차를 이용하기로 한다.

수마트라 섬 남쪽 끝 바까우에니에 있는 페리 터미널로 가는 머락항 출발. 자카르타에서 떠난 지 한 시간 반 만에 도착했다. 승선 절차는 기사 이름과 차량번호와 인원파악으로 간단하다. 인적사항 기재나 보험 가입은 없다. 만약 사고가 난다 해도, 우리는 그냥 익명의 숫자로 파악된다는 생각에 불안했지만, 맑은 날씨만 믿기로 한다. 여객선 안 이국인은 우리뿐이다. 바다는 조용하여 호수 위를 가는 듯하다.

출발 두 시간 만에 페리 터미널에 도착했다. 공기마저 달콤하게 느껴지는 섬의 초입에서 만나는 길게 이어지는 옥수수밭. 항구 출발 후 처음 도착한 해변. 아쉽게도 해변 이름을 기억하는 사람이 없다. 해수욕 용품을 파는 가게의 젊은 인니인 부부가 한국말로 인사를 한다. 제 나라가 아닌 한국에서 만나 결혼 후 고향에 정착했단다. 한국은 정말 살기 좋은 나라로 가끔씩 생각나고 다시, 가고 싶은 나라로 기억하고 있었다. 섬 여행 중, 처음이자 마지막으로 만난 한국을 아는 인니 사람들이었다. 커다란 인어 조각상과 고운 꽃이 핀 방풍림 숲과 한가롭게 바다를 즐기는 현지인들. 섬의 첫인상은 여유로움이었다.

낮은 지붕들이 정겨운 마을들을 지나 언덕 위에 자리한 호텔로 가는 진입로에는 목화나무가 솜털꽃을 피운 채 이국인들을 반긴다. 호텔 부대시설로 이루어진 식당마다 라마단의 저녁 만찬을 즐기는 무슬림으로 북적인다. 풍부한 해산물 요리는 가격에 비해 훌륭하다. 호텔 조식 시간은 라마단 기간이라서인지 임산부가 섞인 한 팀의 인니인들 뿐이다.

인니에 살면서 이국인들의 여행은 라마단에 하면 좋다는 말을 여러 번 들었다. 식사조절이 필요한 많은 무슬림이 여행을 자제하는 기간이라 했다. 잠시의 스콜 뒤에 나타난 무지개는 우리의 긴 여행을 위한 푸른 징조처럼 느껴진다. 우리의 여행지는 섬의 10분의 1도 안 되는 최남단 지역의 일부다.

세계적으로 알려진 코끼리 공원인 와이캄바스 국립공원Taman National Way Kambas으로 출발한다. 친절하지 않은 이정표 덕분에 점심도 거른 채 출발 4시간 30분 만에 공원 도착. 간단한 요기 후, 코끼리 투어를 한다. 꽤 많은 탑승료가 아깝지 않은 건 밀림 같은 공원 구석구석을 볼 수 있어서다. 인니 곳곳에 있는 코끼리는 모두 여기에서 사육되어 분양된다고 한다.

공원에서 한나절을 보낸 후 스마트폰 지도를 보며 코타부미Kotabumi로 향한다. 호텔과 식당 찾기도 스마트폰으로 해결한다. 작은 도시의 호텔은 부실한 게 많다. 저녁은 현지식당에서 인니 음식으로 맛있게 먹었다. 호텔 로비에서 한국인 전도사를 만났다. 그 역시 섬이 초행이었고 전도를 겸한 여행 중이라 했다.

처음 만나는
커피꽃과 루왁

건기임에도 아침부터 비가 내린다. 간단한 아침 식사 후 안개와 비를 따라 산으로 숲으로 떠난다. 떠난 지 긴 시간이 흐르고, 서늘한 기운이 느껴질 즈음, 비포장 도로가에 무더기로 핀 하양 꽃이 눈에 들어온다. 사진으로만 보던 커피꽃이었다. 술이나 담배를 즐기지 못하는 나의 유일한 기호식품은 차와 커피, 그중에서도 커피를 가장 즐기는 내게 커피꽃을 만난 설렘은 인니 여행 중 최고였음을 고백한다.

꽃향기를 맡고 빨강체리 껍질을 벗기고 얇은 과육의 체리를 먹는다. 꽃의 향기와 체리의 맛은 달콤하다. 커피나무에 집중하는 중, 멀리서 공포탄 소리가 들린다. 나중에 안 일이지만, 체리 도둑을 쫓기 위해 농부들이 쏘는 총소리였다. 처음 보게 된 커피나무 사진 찍기에 열중했던 우리를 농부들은 체리 도둑으로 생각했을 수도 있었으리라. 지금도 그때를 떠올리면, 달콤 쌉싸름한 생각에 웃게 된다.

어느새 비는 그치고, 진흙 길을 지나 포장도로에 진입하자 루왁커피Luwak Coffe / Kopi Luwak를 파는 가게가 눈에 띈다. 루왁커피만을 취급한다는 젊은 사장에게 루왁(긴꼬리 사향고양이)을 볼 수 있냐고 묻자, 뒤뜰로 우리를 안내한다. 우리에 갇힌 고양이들은 낮잠 중이다. 고양이가 먹다 남긴 음식물들은 과일이다. 커피체리도 먹이 중 하나로 배설물의 일부가 루왁커피다. 버킷리스트에 등장하기도 하는 루왁커피는, 이처럼 고양이의 사육으로 인해 논란의 중심에 있기도 하다.

집 뒷밭엔 오래된 커피나무들이 많아, 꽃 사진 찍기와 체리 시식도 맘껏 할 수 있었다. 고산지대에 속하는 핀파스리와 도로Jalan Lintas Liula 주변 마을은 커피가 주 수입원처럼 보였다. 커피나무는 17세기 중반 네덜란드인에 의해 인니에 처음 이식되었다 한다. 커피는 오래전부터 원유와 함께 인니의 중요한 원자재로 귀하게 취급되었다. 마을 앞마당마다 널려진 커피체리들은 우리네 가을, 시골 마당에 널려진 벼처럼 익숙한 풍경이다.

호수에 뜬 작은 섬
그리고 바다의 정원

람풍 주 동부를 지나 서부의 하루는 라나우 호수Danau Ranau에서 시작한다, 조용한 시골 마을 식당의 음식은 처음 먹어보는 현지 음식들이다. 좌식 부엌에 딸린 작은 방에 앉아 뷔페식으로 차려진 반찬을 원하는 대로 골라 먹은 후 식사비를 낸다.

온천수가 나온다는 바다 같은 넓은 호수엔 수영을 즐기는 아이들로 북적인다. 우리는 생애 처음, 호수 온천에서 수영을 즐긴 후, 작은 배를 타고 호수의 가운데 있는 작은 섬으로 간다. 거인의 두 팔로 안으면 품에 쏙 안길 것 같은 섬에는, 청년 두 명이 물고기를 잡으며 살고 있다. 뱀이나 쥐 같은 동물들이 살지 않는 섬은 그들만의 천국이었다. 작은 토바 호수를 만난 기분이라 위안하며, 다시 길을 나선다.

마지막 장소는 북서부에 위치한 크루이 해변Krui Pantai. 세계 서퍼들이 즐겨 찾는다는 바다. 바닷가에 있는 호텔의 외관은 작은 별장처럼 근사하다. 실내는 샤워기도 없고, 화려한 빌로드 침대 시트 근처에는 개미떼가 많다. 긴 여정의 피곤함에 모두 달콤한 잠이 들었지만, 난 홀로 쪼그리고 앉아 쪽잠을 잤다.

어둠 속에서 볼 수 없었던 바다. 바다는 '아'라는 감탄사만 불러온다. 넓고 길게 이어진 바닷물은 가도 가도 무릎까지 찰랑대는 수심으로 물놀이를 즐기기 좋다. 더욱이 넓은 바다엔 우리뿐이다. 잔잔한 바다 속에는 해초들이 초원을 이룬다. 좋아하는 우산나무들이 죽은 산호들과 함께 해변에 즐비하다. 가 본 적 없는 세상 끝 바다, 그 바다가 이곳에 있다. 수많은 산호의 죽음으로 이루어진 모래들은 분홍과 하양으로 반짝이며, 바다정원 안 우리를 하루 속에서 환하게 비춘다.

생生과 사死를 풀어내는
하양 캄보자꽃 나무의 처소

처음 묵었던 호텔에서 섬에서의 마지막 밤을 보내기 위해 돌아오는 길. 바다마을을 따라 끝없이 펼쳐진 야자수 숲은 잠결에 깨어 보고 또 보아도 지겹지 않다. 차의 통행이 드물었던 국립공원 깊은 골짜기를 넘으며 보았던 검은 숲의 나무들처럼… 첫 날은 볼 수 없었던, 공동묘지가 보인다. 일찍 알아버린 죽음 덕분에 묘지에 관심이 많은 나의 호기심은 독특한 형식의 인니 묘지들도 관심 대상이다.

늙은 하양 캄보자꽃들이 오래된 묘지임을 짐작하게 한다. 각양각색의 타일로 만든 묘지는 봉분 없이 평평하다. 생·사 연도를 기록하는 건 세상 모든 묘지의 공통점. 작은 풀들이 자라고 있는 어린 소녀의 묘지 앞에서 나도 모르게 두 손 모으고 눈을 감는다. 저물녘의 바쁜 햇살이 묘지를 환하게 비춘다. 하양 캄보자꽃들이 뚝뚝 떨어져 산 자들의 안부를 대신한다.

캄보자꽃은 우리에게 널리 알려진 발리꽃이다. 같은 나무라도 인니에선 종교에 따라 해석이 다르다. 힌두교인이 많은 발리에서는 탄생과 환희를, 이슬람교도들이 대부분인 다른 섬에서는 묘지에 심어 죽음과 애도를 상징한다. 하얀 꽃잎에 숨은 만남과 이별이 이국여자에겐 특별함으로 다가온다. 하얀 커피꽃과 하얀 캄보자꽃은 내가 인니를 생각할 때, 떠오르는 슬픔과 환희의 이미지다.

처음으로 가장 길게 한 가족여행. 다시, 자카르타로 돌아가기 위해 도착한 바까우에니 페리 터미널. 올 때와는 다르게 신분증 확인을 한다. 우리가 여행하기 얼마 전에 있었던 아체 감옥 탈옥수들을 검거하기 위한 절차였다. 아체가요 커피로 유명한 아체는 여러 가지로 유명세를 타는 지역이다. 2016년 12월엔 대규모 지진으로 세계인들의 이목이 집중되는 안타까운 일도 있었다.

아이스박스에 가득 채운 한국산 매실 엑기스와 베스트 가이드와 베스트 드라이버 그리고 스마트폰 덕분에 국립공원 두 곳을 무사히 넘어서 탈 없이 여행을 마칠 수 있었음에 우린, 서로에게 고마움을 전했다. 인니에 오래 산 지인들은, 무지와 용기가 함께 한 수마트라 섬 오지마을과 검은 숲의 승용차 여행에 찬사를 보내며 부러워했다. 생의 한가운데서 어느 한철을 기억하고 오랫동안 간직하면서 사는 일. 약간의 긴장과 긴 설렘이 함께였기에 더 오래, 마음 다락방에서 그때를 호명하리라.

— 울고 싶을 때 당신은 어찌하는가,

어떤 이는 울기 위해 사막에 가거나

검은 숲으로 떠나고,

어떤 이는 울기 위해 바다에 간다든가.

사막과 검은 숲이나 바다도 갈 수 없는

나는 해질녘 강둑으로 달려갔다.

울고 싶은 날은 걷기보다

뛰어가는 것이 좋았던 기억이 많다.

이제, 뛰어감에 지친 나는

먼먼 섬 세상 끝처럼 다가왔던

길고 긴 바다 정원을 떠올린다.

그때, 데려온 산호 몇 개 놓아둔

나무 장식장 앞에서 서성거린다.

그 사이, 눈물은 조용히 슬픔의 숨결을 만진다.

—

그날의 하루를 만난 오늘 하루

—

폭염주의보 내려진 대서에 떠난 강원도행

늦은 점심에 나온 다슬기탕을 쉼 없이 먹습니다

식당 화단에 무더기로 핀 노랑 다알리아는 한여름

땡볕에 공갈빵처럼 맘껏 부풀어 오릅니다

처음 만나는 사람들과 함께하는 낯선 자리

실없는 농담과 자욱한 담배 연기 속에서 떠도는 웃음소리

해가 긴 계절 안에서 또 하루가 저물어갑니다

긴 여행 마지막 날, 이국 여자가 건네주던

눈 큰 인형과 유리 펜 한 자루와 한국어로

짧게 쓴 그림엽서 한 장

더 이상 어제를 기억할 수 없는 어느 순간에도

호명하게 될 당신이란 따뜻한 이름

줄 수 있는 게 가난한 마음뿐이라는 노래 들으며

마음조차 헐렁한 나는 빈 술잔만 만지작거립니다

모든 신을 모셔 놓은 검은 숲 숨겨진 사원

퇴고를 미루는 습작의 문장처럼
비밀 상자에 넣어 두었던 상처의 봉인
조심스럽게 풀어내어, 말없이 당신 손
잡은 채 별무늬 석상에게 짧은 기도를 바칩니다

낡은 슬리퍼를 끌고 나온 익숙한 골목길
반쯤 열린 하얀 대문 안 외딴 방
녹슨 자물통을 어렵게 열었습니다
기울어진 이젤 위, 그리다가 만 당신의 뒷모습에
지워진 노래와 경건한 작별식
못다 한 이야기를 정성껏 그려 넣습니다

백야의 길고 긴 그 시절의 하루, 오늘
만난 늦은 하루와 함께 오랫동안 기억하겠습니다

—

에필로그

—

스스로를 언어의 감옥에 유폐시키고
언어로서 할 수 있는 모든 것에
충실한 시간들을 쌓았다.

때로는,
사육사가 되어 창밖의 세상을
소환하고 다시, 탈출시키며
하양 벽마다 푸른 물감을 칠했다.

현재와 미래가 과거와 공존하는 도시 자카르타.
도시는 거대한 밀림 속에 존재하는 듯
빌딩 불빛마저도 환상의 숲을 보여주었다.
낯선 사람만이 느낄 수 있는 풍경이었으리라.

처음이자 마지막이 될지도 모르는 산문집
본업인 시인의 일탈은, 그래서
절박함을 핑계로 기꺼이 즐거웠고 재미있는 작업이었다.
인니에서의 한 시절
계절 없는 시간들 속에서
이국인의 낯선 삶을 맘껏 누렸다.

깊은 골짜기 오두막 문패에 걸어 두고 간
아픈 나와… 슬픈 나를… 즐겨 찾던 식물원
아소카나무에 램프꽃송이로 달아 두고 왔다.

이제, 곧
작업실 '오후의 사과나무'에는 분홍 사과꽃 피어
나른한 생을 환하게 비춰 주리라.

어느 때, 불쑥
자카르타에서 즐겨갔던
미술관과 박물관 그리고 식물원과 카페를
찾아서 비행기를 타게 되리라.

그곳에서 만난 따뜻한 사람들과
슬픈 공주라는 이름의 식당, 발리룸에서 밥을 먹고
뒤뜰의 몽환적인 카페에서 우기의 빗소리와
재즈를 들으며 술잔에 스민 전설을 이야기하게 되리라.

내 안의 나를 다시, 만날 수 있었던
생의 한가운데,
따스했던 날들의 자카르타여!

잠시,
안녕…

어느 날 '오후의 사과나무'에서 총총

시인이 만난 인도네시아

초판1쇄 발행 2017년 6월 28일

지 은 이 김길녀
펴 낸 이 이대현

책임편집 이태곤
편 집 권분옥 홍혜정 박윤정
디 자 인 안혜진 최기윤 홍성권
기획/마케팅 박태훈 안현진 이승혜

펴 낸 곳 도서출판 역락
주 소 서울시 서초구 동광로46길 6-6 문창빌딩 2층(우06589)
전 화 02-3409-2060(편집부), 2058(영업부)
F A X 02-3409-2059
이 메 일 youkrack@hanmail.net
블 로 그 blog.naver.com/youkrack3888
등 록 1999년 4월 19일 제303-2002-000014호

ISBN 979-11-5686-891-0 03810
정가는 뒤표지에 있습니다.

*이 도서의 국립중앙도서관 출판시도서목록(CIP)은 서지정보유통지원시스템 홈페이지(http://seoji.nl.go.kr)와 국가자료공동목록시스템(http://www.nl.go.kr/kolisnet)에서 이용하실 수 있습니다.(CIP제어번호: CIP2017014486)

한국출판문화산업진흥원의 출판콘텐츠 창작기금을 지원받아 제작되었습니다.